KB061836

"저 마포구 사람인데요?"

다니엘 브라이트 지음

Daniel Bright

"저 마포구 사람인데요?"

한겨레출판

나는 어릴 때부터 2018년 결혼하기 전까지 집에 텔레비전이 있었던 적이 없다. 초중고 시절, 내가 알기로는 우리 집이 유일하게 텔레비전이 없었을 것이다. 심지어 초등학교 때는 차도 없었다. 당시 엄마가 대학을 다니고 아이 넷을 키우느라 일할 시간이 없어서 우리 집의 경제적 상황은 썩 좋지 않았다.

그러나 집에 텔레비전이 없었던 것은 전적으로 돈이 이유는 아니었다. 일단 엄마 아빠가 텔레비전을 별로 좋아하지 않았고, 우리 형제자매가 텔레비전을 보는 데 시간을 많이 빼앗길 것을 걱정했기 때문이다.

나와 형, 누나들은 텔레비전을 보는 대신 시골 집 앞에서 자연을 느끼며 많은 시간을 보냈다. 우리 집보다 더 시골인 곳에 가서 산책 혹은 등산을 했다. 여러 가지 스포츠와 악기를 배웠고(나는 바이올린을 배웠다), 교회에서 예배를 드리기도 했다. 아니면 교회 밖에서 교회 친구들과 놀았다. 무엇보다도 책을 많이 읽었다. 우리 집에서는 독서를 엄청 많이 했다.

나는 가리지 않고 다양한 종류의 책을 읽었는데 특히 소설책을 좋아하고 많이 읽었다. 전쟁, 스파이, 범죄, 스릴러 등 속도감이 빠르고 긴장감이 높은 내용의 소설은 초등학교 시절부터 지금까지 읽고 있다.

그때 당시 내가 꼭 이루고 싶은 목표가 두 가지 있었다. 하나는 축구 선수가 되는 것이고 또 하나는 소설가가 되는 것이었다. 내가 직접 쓴 소설책을 출판하는 게 얼마나 큰 꿈이었는지. 그러나 그때는 정말 꿈일 뿐이었다.

내가 10살 때쯤에는 당시 대학 교수였던 아빠가 엄청 길고 양이 많은 학술서 비슷한 책을 썼다. 나는 너무 어려서 지켜만 봤지만 우리 형은 그 책에 들어갈 그림을 아주 재미있게 그렸다. 나는 질투를 내며 옆에서 구경만 했다.

그러다가 16살쯤 아빠의 직장 때문에 당시 살던 집과 5시간 거리에 위치한 카디프로 이사를 가게 되었는데 낯선 곳에 적응하려다 보니 정말 많이 외로웠다. 그때 시를 쓰며 나의 피난처를 찾았다. 17살 때에는 영문학 학장 선생님이 나 모르게 내가 쓴 시를 제출해 그해 시 대회에서 '전국 시인'이라는 상을 받았다. 하지만 선생님이 내게 말을 잘못 전달해 100명의 전국 시인(학생) 중 내가 유일하게 '영국 전국 시인'이라는 대상을 받은 줄 알았다. 곧 그게 아니라는 것을 알고 (내가 프로선수가 되기를 포기한 축구처럼) 시나 글을 잘 쓴다고 해도 본업으로 할 수 있을 만큼 특별한 재능이나 차별성을 보이는 건 너무나 어려운 일이라고 생각했다.

나는 2012년도에 한국에 왔는데 그땐 이미 존 르 카레 (John le Carré) 작가의 놀랍고도 소름 끼칠 만큼 뛰어난 스릴러 소설을 몇 번씩 읽고 그의 작품에 빠진 뒤였다. 한국에서 살면서 또다시 카디프에서 느꼈던, 그 낯익은, 강하고 슬픈 외로움이 나를 찾아왔다. 친구도 없고 내 생활에 행복이 없는 것처럼 느껴져 글을 쓰기 시작했고, 지금 생각해도 너무 어이가 없는(?) 웅대한 스토리를 썼던 것 같다. 나의 오래된 노트북을 업그레이드하며 소설 파일을 잃어버렸는데, 생각보다 아깝게 느껴지지 않았다. 어차피 끝까지 써도 아무도 보지 않을뿐더러 책으로 출판될 리는 결코 없을 거라 생각해서 그랬던 것 같다.

그 뒤 8년 정도 시간이 흐르고 그사이 여러 회사에서 글을 쓰는 작업을 해왔는데, 한겨레출판의 김단희 대리님에게 반가운 연락이 왔다. 〈단앤조엘〉 채널에서 오래전에 올렸던 한국 소설 작가의 인터뷰 영상을 보고, 혹시 책을 써보는 것에 관심이 있나 해서 연락해주셨단다. 정말 상상도 못했던 놀라운, 꿈같은 일이었다. 내가 책을 꼭 써보고 싶은 이유는 그동안 소설과 시에 관심이 있었던 만큼 글로 나의 마음을 표현하고 싶은 것도 있지만, 무엇보다 나의 한국 스토리를 독자들과 좀 더 가깝게 소통하고 싶었기 때문이다.

그동안 〈단앤조엘〉 채널을 통해 많은 사랑을 받았는데, 영상에서 다 풀어내지 못한 이야기가 많다. 책에는 영상을 촬영하며 특히 기억에 많이 남는 에피소드를 음식과 인물 그리고 장소로 나누어 써보았다. 세 가지로 나누긴 했지만, 이 모든 에피소드에서 가장 먼저 떠오르는 건 역시 '사람들'이다. 많은 사람을 만나 이야기를 나누고 들었다. 거기엔 나이도, 직업도, 나라도 없었다. 그것들이 끼어들 틈이 없었다는 말이 더 맞다. 그들의 이야기에 귀 기울이며 나도 함께 커갈 수 있었다. 만났던 모든 사람들의 이야기가 마치 한 편의 소설을 읽는 것 같았는데, 이게 결국 나의 한국 스토리가 됐다. 그때 만났던 사람들 사진(내가 직접 찍었다)도 책에 같이 실었다.

책의 제목이 《"저 마포구 사람인데요?"》인 이유는 내가 한국에서 살기 위해 처음 정착한 곳이 바로 마포구이고, 지금도 마포구에 살고 있기 때문이다(교환학생 시절에는 안암동에 살았다). 마포구에 살면서 본격적으로 유튜브 크리에이터로 활동을 했고, 아이도 이곳에서 낳았다. 어디에서 왔냐고 누가 물으면, (마포구) 연남동에서 왔다고 장난스럽게 이야기할 만큼 나에겐 여러모로 의미가 있는 곳이다.

글을 쓴다는 것은 나의 마음에 아주 귀하게 자리 잡고 있는 행위다. 나의 유튜브 시청자들도 나의 마음에 귀하게 자리 잡고 있으며, 내 마음속 한구석에는 한국 사람들 모두를 위한 귀한 자리가 있다. 그들에게 글로나마 나의 마음을 전달하고 싶었다.

마지막으로 지친 삶을 사는 사람들과 따뜻한 밥 한 끼, 차 한잔을 나누며 대화를 나누는 것이 나는 참 좋다.

2020년 8월 다니엘 브라이트(단)

Section 2. People

단이 만난 '사람들'

Section 3. Place

그때 '그곳'의 인연

Section 4. Here I am

한국에서

I tell
stories
about Korea

Food,
People,
Place

'음식'에서 발견한 삶

Food

"김치찌개 만들었는데,
할머니들이 너무 좋아해요"

2017년 11월

외국 사람들에게 한국 음식을 한 가지 소개해야 한다면 단연코 김치찌개가 아닐까 싶다. 한국 사람은 물론이고 외국인들도 사랑하는 한국의 대표적인 음식이 바로 김치찌개다. 친구들과 고깃집에 가면 간단하게 삼겹살 2인분으로 시작해 목살을 추가로 시키고, 밥이 빠지면 섭섭하니 밥과 찌개로 마무리한다. 고깃집의 찌개 메뉴는 보통 두 가지의 선택지가 있는데, 구수하면서 담백한 걸 좋아하는 사람은 된장찌개를 선택하고, 얼큰하고 개운하게 마무리하고 싶은 사람은 김치찌개를 선택한다.

한국의 웬만한 동네 밥집이나 분식집에도 거의 빠지지 않는 메뉴 중 하나가 김치찌개다. 김치찌개는 두툼하게 썬 돼지고기를 잔뜩 넣은 고기 김치찌개든, 참치가 들어 있는 참치 김치찌개든 무엇이 되었든 맛있다. 사실 김치를 볶은 다음 몇 가지 채소와 물(혹은 육수)을 넣고 적절한 간으로 끓여냈을 뿐인데, 국물 요리를 즐겨 먹는 영국에서조차 김치찌개와 비슷하다고 할 수 있는 음식이 없다.

외로운 한국 생활을 위로해준 김치찌개

김치찌개를 처음 먹은 날은 잘 기억나지 않지만, 아마도 2012년부터 1년간 한국에서 교환학생으로 공부하던 시절이 아니었을까 생각한다. 당시엔 여러 가지 복잡한 내 개인 사정 때문에 학교에도 잘 나가지 않고 밤엔 잠도 오지 않는 나날의 연속이었다. 그런 날이면 밤새 뭔가를 먹거나 영화를 보곤 했는데, 안타깝게도 그때 나는 한국어를 잘하지 못했다. 게다가 한국의 배달 문화에 대해서도 알지 못했기에 당시 내가 빠져 있던 맥도날드의 상하이 스파이시 치킨버거를 주문할 생각도 전혀 하지 못했다.

내가 선택할 수 있는 것은 오직 집 앞에 있는 김밥천국에 가는 것이었다. 쉽게 잠들지 못하는 새벽이면 코트만 대충 걸쳐 입고 김밥천국에 가서 혼밥을 했다. 그때마다 나의 단골 메뉴는 일주일에 몇 번을 먹어도 질리지 않는 김치찌개였다. 하루는 돌솥 냄비에 나온 김치찌개의 뜨거운 국물을 밥과 함께 크게 한 입 먹고 있는데, 앞에 앉은 할머니 두 분이 내 모습을 신기하게 쳐다보고 계셨다.

"저 미국인이 매운 음식을 잘 먹네."

당시 그 정도의 한국말은 알아들었기에 "저 미국 사람 아닌데요…"라고 대답하고 싶었지만, 그렇게 말할 용기가 없어 살짝 붉어진 얼굴로 계속해서 김치찌개 국물만 들이켰다.

내가 자주 다니던 김밥천국 매장에선 김치찌개에 떡국 떡도 함께 넣어주었다. 그래서 김치찌개의 얼큰한 국물이 너무 맵다 싶을 때쯤이면 심심하고 쫀득한 떡을 한 입 베어 물었다. 그럼 매운 기가 많이 가시곤 했다. 내가 힘든 시기에 위로가 되어준 그 식당처럼 김치찌개도 나에게 비슷한 의미를 지닌 한국 음식이다.

나는 전문 요리사는 아니지만 고등학교를 졸업하고 대학에 들어가기 전까지의 기간, 그리고 대학 1학년 긴 방학 때 웨일스의 전통 요리와 퓨전 음식을 선보이는 레스토랑 두 곳에서 일한 경험이 있다. 물론 중학교 때부터 집에서 혼자 조금씩 음식을 만들어 먹으면서 요리에 관심을 가졌다. 그래서 직접 요리하는 것은 물론이고 요리 프로와 요리 유튜브 채널을 보는 것도 좋아한다.

한국에는 유튜브 채널을 시작하기 위해 오게 되었고, 요리와 관련된 채널은 아니지만 아주 가끔은 요리에 관한 콘텐츠를 만들고 싶다는 마음도 있다. 〈단앤조엘〉 채널을 시작하기 전 이미 영국에서도 몇 편의 영상을 찍은 적이 있고, 한국에서도 먹방 촬영을 해본 경험이 있는 만큼 언젠가는 내가 직접 한국 요리를 하는 요리 콘텐츠를 꼭 한번 시도해보고 싶다.

긴장됐던 야외 요리 촬영,
과연 김치찌개의 맛은?

살짝 쌀쌀한 바람이 부는 11월 초의 어느 날, 연남동 경의선 숲길 뒷길에서 촬영할 공간을 찾을 수 있기를 간절히 기도하며 설레는 마음으로 나갔다. 사실 숲길 안에서의 촬영은 금지되어 있다는 말을 들었기에 조금은 긴장이 되었다. 다행히 숲길이 거의 끝나는 지점에서 살짝 빗겨난 곳에 작은 공간이 있었다. 우리는 거기서 촬영을 진행하기로 했다.

나와 함께 〈단앤조엘〉을 운영하는 조엘과 아담이 촬영을 준비하는 동안 나는 공원 옆 작은 마트에 가서 요리 재료를 샀다. 오늘 요리의 재료는 돼지고기, 쌀, 배 1개, 대파 2개, 양파 1개, 마늘 10알, 배추김치 한 포기, 2리터짜리 생수 한

병이 전부다. 그리고 메뉴는 김치찌개다.

세계 많은 나라의 음식을 정통의 맛 거의 그대로 맛볼 수 있는 런던에서 온 나는 한국 '집밥'을 대표하는 김치찌개가 얼마나 맛있는지, 또 그 음식이 우리에게 얼마나 깊은 의미가 있는지를 제대로 알리고 싶었다. 아울러 한국 요리에 관심은 있지만 따라 하기가 쉽지 않은 외국인들이 열심히 연습만 하면 충분히 한국 요리를 할 수 있다는 메시지를 전하고 싶었다. 추운 날이었지만 지나가다가 잠깐 멈춰 서서 김치찌개를 맛볼 사람이 있었으면 하는 바람을 가지면서, 다른 한편으로 이렇게 추운 날에 설마 사람이 있을까 하는 생각에 걱정이 되기도 했다.

요리할 때 제일 행복해!

개인적으로 나는 요리하는 순간만큼은 정말 완전한 자유를 느낀다. 〈단앤조엘〉 채널과 〈영국남자〉 채널을 열심히 보는 사람들은 이미 알겠지만 나는 잘 먹고 음식에 대해 이야기하는 것을 좋아한다. 하지만 엄밀히 따지면 나는 먹는 것보다 요리하는 행위 자체를 사랑하고 내가 직접 요리한 음식을 주위 사람에게 대접하는 것을 통해 행복을 느낀다. 평소에 촬영할 때는 그렇게 긴장하면서 요리 촬영을 할 때는 아주 자

21

연스러운 나로 돌아간다.

숲길 끝자락에서 촬영한 김치찌개 요리 촬영은 〈단앤조엘〉을 시작하고 처음 하는 요리 촬영이다. 하지만 우리와 자주 일하는 카메라맨 알렉스가 사정이 생겨 도와주지 못했기 때문에 조엘이 아담의 촬영을 도와주느라 출연은 오롯이 나의 몫이 되었다. 평소라면 혼자서 모든 촬영을 이끌어가야 하는 것이 몹시 부담스러웠을 테지만 요리 촬영이라 버너를 놓고 가스 불을 켜는 순간 자신감이 차올랐다.

웨일스의 식당에서 일한 경험 이전에도 대학 입학을 잠시 미루고 갔던 이탈리아 사르데냐의 캠핑장 야외 주방에서 요리한 경험이 있는 나로서는, 잘 갖추어진 실내 주방보다 이렇게 야외에 차린 주방이 훨씬 더 진정한 자유를 느낄 수 있는 완벽한 주방이라고 생각한다.

조엘과 대화를 나누며 오늘 촬영에 대한 간단한 인트로 부분들을 찍어놓고 나서 본격적으로 김치찌개를 만들기 시작했다. 먼저 돼지고기를 잘게 잘라 돼지기름을 내는 동안 간단하게 곁들여 먹을 반찬으로 아삭한 배를 깨와 참기름을 살짝 넣어 준비한다. 돼지고기가 노릇노릇 잘 볶아졌다 싶을 때 양파와 마늘, 고춧가루 반 숟갈을 넣고 잘 볶아주다가 김치 한 포기를 숭덩숭덩 썰어 넣는다. 김치찌개의 생명인 김치 국물도 넉넉히 넣어주어야 하지만, 김치가 덜 익은 관계로 충분히 볶아주다가 물을 부어준다.

　사실 이렇게 바람이 많이 부는 날에는 야외에서 요리 촬영을 한다는 게 쉽지가 않다. 채소와 고기는 어떻게 볶았다 쳐도 한참을 졸여야 하는 김치찌개가 잘 끓지 않기 때문이다. 그러면 간이 잘 맞지 않고 좀 싱거울 수가 있다. '뭐 어차피 지나가는 사람도 없을 테니 우리끼리 맛보면 되겠지' 하며 차라리 다행이라는 생각이 드는 순간, 한 할머니가 다가오셨다.

　그 할머니는 다른 할머니들과 같이 오셨는데, 내 눈에는 그 할머니 한 분밖에 보이지 않았다. 작은 키에도 불구하고 흡사 군인처럼 손을 허리춤에 올리고는 한 걸음 한 걸음 걸어오면서 우리를 뚫어져라 쳐다보셨다. 천천히 끓고 있는 양은냄비에서 올라오는 연기 때문에 할머니 얼굴이 살짝 흐리게 보였지만 할머니는 따뜻하게 웃고 계셨다.

　"할머니도 드셔보실 거죠?"

　내가 물었다.

　"무엇을 먹는지 알아야지. 술도 있어?"

　이렇게 추운 날씨에 얼큰하고 뜨끈한 김치찌개를 먹는다면 소주 한잔은 필수겠구나 하는 생각이 들었다. 순간 나도 소주 한잔이 간절해졌다.

　"그래도 천 원이라도 받아야지. 거저 어떻게 먹나?"

단호하지만 웃음기 있는 목소리로 할머니가 말씀하셨다. 그러고는 이내 우리가 촬영하는 테이블 옆의 낮은 돌담에 앉아서 다른 할머니 한 분과 김치찌개가 완성될 때까지 기다려주셨다. 하지만 바람이 너무 불어 국물이 도통 졸아들 생각을 하지 않았다. 계속해서 소금만 넣을 수도 없고 슬슬 걱정이 되기 시작했다. 그래도 한국 음식을 70년 넘게 드셨을 할머니께 싱거운 김치찌개를 맛보여드리고 싶지는 않았다. 하지만 내가 갖고 있는 재료는 이미 다 넣은 상태였기 때문에 어쩔 수가 없었다.

할머니는 우리가 미리 준비해놓은 플라스틱 숟가락으로 국물을 맛보셨다. 찌개 맛을 본 할머니는 간이 딱 좋다고 말씀해주셨다. 진심인지 아니면 일부러 그렇게 말씀해주신 것인지는 알 길이 없지만 그래도 맛있다고 해주셔서 정말 감사했다.

나는 계속 촬영을 진행하고, 할머니 두 분은 테이블 옆의 낮은 돌담에 나란히 앉아 내가 만든 김치찌개에 편의점에서 따끈하게 데워온 밥을 드셨다. 그 모습을 보고 있자니 꼭 한 편의 다큐멘터리를 보는 것만 같았다. 남의 방송도 아니고 우리가 만드는 콘텐츠인데도 불구하고 이렇게 예측 불가하고 상상도 못한 일들이 벌어지는 것이 참으로 신기했다.

사실 우리가 만든 콘텐츠라고 할 수도 없는 것이, 그들의 이야기이고 삶이기에 우리가 만들어냈다고 감히 말할 수 없다. 이것이야말로 진정한 다큐가 아닐까. 감독도 피디도 하다못해 출연자도 그 어느 것도 예상할 수 없지만 오히려 그래서 더 의미 있고 진심이 묻어나는 콘텐츠가 되는 것인지도 모른다.

우리는 촬영하던 테이블을 아예 할머니들 옆으로 옮겼다. 이번 영상의 주인공이 나에게서 할머니들로 바뀐 것이다. 앞으로는 먹방이나 요리 콘텐츠도 이렇게 한국 어르신들과 마음으로 소통하고, 우리가 아닌 출연하는 사람들을 주인공으로 세워 그들의 삶과 스토리를 녹일 수 있는 촬영을 하면 좋겠다는 생각이 들었다.

김치찌개는 한국 사람은 물론이고 외국인들도 좋아하는 한국 음식이다. 별로 특별할 것이 없는 재료로 만든 요리임에도 누구나 좋아하고 잘 먹을 수 있는 한국 집밥의 대표 메뉴다. 어쩌면 김치가 너무 푹 익어서 그냥 먹기엔 신맛이 강하기 때문에 볶으면서 신맛을 날리는 대신 단맛을 이끌어내고, 그러다 물을 넣어 찌개로 먹기 시작한 것인지도 모르겠다. 아주 서민적인 음식답게 언제든 먹을 수 있고, 누구든 거부감이 없는 정겨운 맛을 가진 음식이라 생각하니 왠지 할머니와도 닮은 것 같다.

갑자기 추워진 날씨 때문에 김치찌개 국물이 졸지 않아 애를 먹긴 했지만 그래도 맛있게 잡수신 할머니 덕분에 참 기분 좋은 날이었다.

촬영이 끝나갈 즈음 30-40대 아주머니 여러 분이 다가와 김치찌개를 맛보고 옆에 앉아 있던 할머니에게 인사를 건넸다.

"오늘은 날씨가 많이 추워요."

"괜찮아"라고 말씀하시며 할머니는 말했다.

"근데 앞으로 추울 날이 더 많아."

웨일스의 양고기가
특별한 이유

2017년 6월

나의 어머니는 아일랜드 사람이고 아버지는 잉글랜드 사람
이다. 그리고 나는 영국과 아일랜드 국적을 모두 가지고 있다.

　어머니는 어린 시절 엄청 가난한 집에서 자랐다. 형제자
매가 모두 12명이었는데, 가족이 영국으로 이민을 간 15살
까지 침실이 두 개뿐인 집에서 모든 가족이 함께 살았다. 추
운 겨울에는 이불이 없어서 외투를 이불처럼 덮고 자기도 하
고, 형제자매 중에는 신발이 없는 사람도 있어서 맨발로 학
교에 다녀야 했다.

　아버지는 영국의 '코번트리'라는 작은 도시에서 자랐는

데, 어머니처럼 힘든 상황은 아니었지만 그렇다고 중산층도 아니었다. 나의 친할아버지는 직급이 낮은 경찰관이었는데, 할머니가 동네 사람들에게 잘사는 것처럼 보이고 싶어 해서 할아버지는 아침마다 경찰복이 아닌 양복을 입고 출근했다고 한다. 당시에는 양복을 입고 출근하는 직업을 가져야만 사람들이 교육을 잘 받은 훌륭한 사람이라는 인식이 있었기 때문이다.

부모님의 힘든 어린 시절과 달리 나의 부모님은 웨일스로 이주하고 결혼을 하면서 형편이 나아졌고, 그 덕분에 우리 형제자매들이 학교에 다니던 시절에는 경제적·사회적으로 평균보다 조금 높은 생활수준을 유지했다. 집에서는 웨일스어를 쓰지 않았고(나와 형제자매들은 웨일스어를 읽고 썼지만 부모님은 웨일스어를 몰랐다), 심지어 교육적인 이유로 집에는 텔레비전이 없었다. 그 때문에 나는 친구들에게 따돌림의 대상이 되기도 했다. 그래서인지 웨일스에 살았음에도 불구하고 웨일스 사람이라는 정체성이 없었고, 심지어 웨일스 대 잉글랜드의 축구 경기나 럭비 경기를 볼 때면 열심히 잉글랜드를 응원하곤 했다.

그러다 2006년 중학교를 졸업한 후 아버지의 직장 때문에 웨일스의 북해 쪽에 있는 '뱅거'에서 남해에 있는 '카디프'라는 도시로 이사를 갔는데, 새로 다니게 된 고등학교에서는 동급생들 중에 내가 유일하게 웨일스어를 잘 구사하는 학생이었다. 그때부터 조금씩 웨일스 사람이라는 정체성을 갖기 시작했다. 하지만 고등학교를 졸업할 시점이 되자 어느 대학에서 어떤 공부를 하고 싶은지 쉽게 결정을 내리기가 힘들었다. 그래서 카디프 바다 앞에 있는 한 식당에 무작정 취직을 했다. 그때 인생 처음으로 고급 퀄리티의 정말 맛있는 웨일스 음식을 경험했다.

2년 뒤에는 런던에서 대학에 다니면서 방학 때마다 웨일스에 가서 또 다른 식당에서 일을 했다. 그때처럼 바에서 칵테일을 만들기도 했지만 주방에서 요리도 했다. 그 식당에서는 바다가 가까이 있고 좋은 날씨 덕분에 싱싱하고 맛 좋은 제철 재료들을 쉽게 찾을 수 있었고, 식재료 본래 그대로의 맛을 살려 담백하게 요리하는 것이 일반적이었다. 그 다양하고 맛있는 메뉴들 중에 내가 개인적으로 가장 좋아한 음식이 바로 웨일스 양고기였다.

이탈리아에서 알게 된 요리의 재미

나는 고등학교를 졸업하고 당시 푹 빠져 있던 이탈리아의 사르데냐에 가서 두 달 조금 넘는 기간 동안 수상리조트와 캠핑장에서 일을 했다. 그리고 이탈리아 요리사밖에 없는 주방에서도 잠깐 일을 했다. 그 열흘 동안 하루 세 끼 중에서 두 끼는 꼭 파스타를 먹었는데, 오후 5시가 되면 바다에서 놀던 것을 마무리하고 캠핑장으로 돌아와 샤워를 하고, 저녁 7시쯤 세 가지 또는 네 가지로 나오는 코스 요리의 저녁을 먹었다.

저녁은 거의 빠짐없이 바게트 빵과 함께 곁들여 먹는 올리브오일과 발사믹, 간단한 샐러드, 아주 심플한 소스가 얹어진 파스타를 먹었다. 나는 주방에서 일을 한 덕분에 파스타를 조리하는 것을 직접 볼 수 있었다. 일단 소금을 살짝 뿌린 물에 파스타를 '알덴테'(파스타 면이 살짝 덜 익어 단단한 상태)로 삶은 뒤 면수는 조금만 남기고 버터와 올리브오일, 소금과 함께 파스타에 섞어놓으면, 아주 심플한 소스가 된다. 여기에 파르메산(파마산) 치즈와 후추를 원하는 대로 뿌려서 맛있게 먹으면 된다. 마지막으로 메인은 살짝 구운 고기와 한 종류의 짭짤한 채소가 곁들여서 나온다.

보통은 파스타를 두 접시 정도 먹는데, 일주일에 한 번씩 나오는 페스토로 버무린 파스타는 다섯 접시를 먹었다. 그 정도로 정말 맛있다. 말로 표현하기 어려운 진한 감칠맛, 향기로운 허브의 신선한 맛, 짭짤하지만 살짝 새콤한 마늘의 풍미, 고소하고 간이 딱 맞는, 한마디로 내 인생 파스타다.

영국으로 돌아가기 전날, 같이 일한 남자 요리사 한 명이 페스토 한 통을 만들어서 영국에 가서 먹으라고 선물로 줬다. 고맙게도 유리통 옆에 레시피도 함께 적어주었다. 하지만 그 레시피로 만들어도 그때 이탈리아 사르데냐에서 먹었던 페스토 소스 맛을 느낄 수는 없었다. 그럼에도 한 번쯤은 다시 그 맛을 느껴볼 수 있지 않을까 하는 마음에서 시도를 멈추지 않았다.

.

가비와 함께 양갈비를 요리하다

2015년 여름, 대학을 졸업하고 런던에 있는 한국 공기업에 입사를 했다. 직장 생활을 하면서 가끔은 퇴근하고 런던의 반대편에 있는 조쉬(조쉬에 대한 소개는 2부 94쪽에서 자세히 소개해놓았다)의 집에서 같이 촬영하곤 했는데, 촬영하기로 한 날은 퇴근 시간이 가까워질수록 긴장되고 떨리기 시작했다. 기분이 좋으면서 기대되고 설레는 것이다.

하루는 조쉬가 아닌 조쉬의 아내 가비한테서 같이 촬영하자고 연락이 와서 가비 채널에 출연하기로 했다(가비는 시청자들이 쉽게 따라 할 수 있는 요리 레시피와 영국의 생활을 소개하는 유튜브 채널 〈국가비〉를 운영하고 있다). 5시 정각이 되자마자 과장님, 팀장님, 부관장님, 그리고 관장님에게까지 "퇴근하겠습니다"라고 인사드리고 회사와 딱 5분 거리인 지하철역으로 뛰어가 바로 지하철을 탔다. 런던 서쪽의 넓고 소나무가 울창한 공원을 지나 6시가 살짝 넘은 시간에 조쉬와 가비의 집에 도착했다.

주방에 들어서니 뾰족하게 잘 갈아 유지한 셰프의 칼과 주물 프라이팬이 조리대에 마련되어 있었고, 그 위의 나무 선반에는 신선한 여름 허브들과 고급 올리브오일이 있었다.

아까 회사에서 가비와 통화하다가 오늘 촬영을 위해 필요한 재료를 알려달라고 해서 나는 여러 가지 제철 채소와 육질이 좋은 양갈비 여섯 대 정도를 사달라고 부탁했다. 와서 보니 웨일스산은 아니었지만 딱 내가 원하는 퀄리티의 양갈비였다. 양갈비 뼈 밑의 동그란 모양의 고기는 '아이 오브 미트(eye of meat)'라고 해서 말 그대로 해석하면 '고기의 눈'으로, 양갈비의 '필레(filet. 고기나 생선의 뼈 없는 조각)'라고 볼 수 있다.

막상 촬영을 시작하니 갑자기 신이 났다. 가비가 녹화 버튼을 눌러 촬영이 시작되었는데 촬영 각도를 조율하는 동안 신이 난 나는 춤을 추고 소리를 질렀다. 가비는 그런 나를 보고 살짝 당황하더니 도대체 내가 무엇을 하는지 모르겠다는 표정을 지었다. 우리는 각자 성격도 다르고, 특히 다른 사람과 함께 있을 때 나타나는 행동이 많이 달랐지만, 나름 합이 좋았다.

나는 가비가 어린 시절부터 여러 나라에서 살면서 요리에 대한 많은 지식을 쌓은 것은 물론이고 좋은 요리학교와 레스토랑에서 일한 경험이 많다는 점을 평소에도 대단하다고 생각했다. 내 주위 사람들은 내가 요리하는 것을 보고 전문 요리사 같다고 치켜세우지만, '셰프'를 '보스'라는 의미에서 보자면 나는 그냥 요리를 좋아하는 평범한 사람일 뿐이다.

드디어 양갈비에 집중할 시간이다. 팬에 오일을 살짝 두르고 약불에서 지방이 많은 부분을 굽는다. 계속해서 한쪽 면을 구우면서 불을 조금씩 높이기 시작한다. 한쪽이 노릇노릇 먹음직스러운 색깔로 익어간다 싶으면 버터 한 조각을 넣고 반대쪽으로 살짝 뒤집는다. 그러면 버터 거품이 끓어오르면서 노릇노릇한 색으로 변하기 시작한다. 그때 마늘 몇 알과 허브를 넣어주고 마늘과 허브 향이 입혀진 버터를 고기에 끼얹는다.

겉은 노릇노릇 잘 익었지만 속은 아직 완전히 익지 않은 미디엄과 미디엄 레어 사이의 양갈비를 접시에 예쁘게 옮겨 담는다. 그러고 나서 같은 팬에 양갈비에서 나온 기름과 올리브오일을 추가해서 두르고 길게 썬 애호박에 고춧가루와 다진 마늘을 추가해 함께 구워준다.

이탈리아 요리사에게 전수받은 페스토 소스를 양갈비에!

마지막으로 페스토 소스를 만들어야 한다. 사르데냐에서 이탈리아 요리사가 준 레시피 그대로 잣을 그릴 안에 살짝 구워놓는다. 그래야 달고 고소한 맛이 확 올라온다. 다섯 알의 다진 마늘과 바질 세 줌, 파르미지아노 레지아노와 파르메산 치즈, 그리고 이탈리아 시칠리아산 레몬즙 스무 방울과 검은 후추, 바다 소금 그리고 역시 이탈리아산 올리브오일을 한데 넣고 믹서기로 갈아준다. 너무 오래 갈면 식감이 사라지기 때문에 20초 정도만 갈아준다.

요리가 끝나면 하얗고 동그란 접시에 대충 흩뿌린 듯한 느낌으로 플레이팅을 한다. 완성된 접시를 들고 뒷마당에 있는 긴 나무 테이블에서 양갈비부터 천천히 음미하며 맛을 본다. 겉 부분은 살짝 바삭하지만 속은 버터같이 부드러우면서 진하고 세련된 맛이 나는 게, 내가 만들었지만 맛있다! 옆에 간단히 만들어놓은 판자넬라 빵 샐러드는 부드럽고 건강하며 상큼한 맛이다. 완벽하게 시즈닝된 토마토는 짭짤하고 상큼하다. 마지막으로 페스토를 맛본다. 이탈리아에서 먹었던 것과 똑같지는 않지만 엄청 맛있다. 양갈비와 아주 완벽한 조화를 이루고 페스토가 모든 부재료 하나하나의 밸런스를 잘 맞춰주는 것 같다.

사실 나는 내 유튜브 채널인 〈단앤조엘〉 촬영이 아닌 다른 사람의 채널에 출연하면 조금 불안하고 소심해진다. 그래서 일부러 그런 모습을 숨기기 위해 멍청한 농담과 실없는 행동을 하기도 한다. 그러다 나도 모르게 오버하면 얼굴이 빨개질 만큼 창피하고 말문이 턱턱 막힐 때도 있다.

하지만 요리 촬영이라면 이야기가 다르다. 스포츠나 운동을 할 때처럼 내가 살아 있음을 가장 잘 느낄 수 있는 순간이 요리할 때다. 요리를 할 때야 비로소 내 안에서 열정이 뿜어져나오는 기분이 든다. 요리는 나에게 그런 힘이 되어준다.

나는 웨일스 스타일의 양고기나 이탈리아식 퓨전 요리를 할 때면 어릴 적 추억이 꿈같이 떠오른다. 웨일스만의 민속풍 시골 음악, 문학, 음식 등의 문화적인 것들이 바로 이 양갈비 육즙에 섞여 있는 것 같고, 로맨틱하고 고통스러울 정도로 아름다운 이탈리아의 분위기가 판자넬라 샐러드와 페스토 소스에 녹아 있는 듯한 느낌이 든다.

대개 타국에서 살면 고국 음식이나 추억이 깃든 음식과 관련된 재료들을 구하기가 어려워 자주 못 먹는다고 하는데, 나는 오히려 그래서 더 좋은 것 같다. 어디서든 쉽게 먹을 수 있다면 그 음식의 특별함과 그 음식에 깃든 자기만의 어떤 그리움이 조금씩 사라질 수도 있을 테니까 말이다.

깊은 감칠맛!
모래내시장
차돌박이 된장국

2018년 2월 2일, 지금의 아내인 현지와 결혼하면서 소위 '연트럴파크'라 불리는 연남동의 방 2개짜리 반지하 주택에서 조엘과 아담과 함께 살다가 그곳과 멀지 않은 곳의 오래된 주택에 신혼집을 마련했다.

　내가 신혼집에 들어가는 시기에 맞춰 조엘도 혼자 살 집을 찾고 계약도 다 마무리한 상태였다. 그런데 이사하기 전날 갑자기 집주인이 계약을 파기하는 바람에 조엘은 하루아침에 갈 곳을 잃고 말았다. 당장 하루 만에 집을 찾는다는 건 불가능한 일이기도 했지만 전날 먹은 매운 양념 닭강정 때문에 조엘은 심한 장염에 걸려 하루 종일 침대에서 일어나지 못했다. 결국 조엘은 우리 신혼집에서 당분간 함께 지내기로 했다.

좁은 신혼집 거실에서 불편하게 몇 주를 지낸 조엘도 드디어 성산동에 한국에서의 첫 집을 구하게 되었다. 당시 조엘은 한국에 온 지 거의 6개월이 되어가는 시점이라 슬슬 고국 음식이 그리워지던 참이었다. 그중에서도 런던에 살 때 즐겨 먹던 아보카도 토스트를 특히 그리워했다.

한국에서는 아보카도가 영국보다 좀 비싼 편이었기 때문에 조엘은 새로 이사 간 동네에서 아보카도를 싸게 살 수 있는 곳이 어딘지 열심히 찾았다. 그러다 우연히 모래내시장을 알게 되었다. 조엘이 말하기를 모래내시장은 맛있게 잘 익은 아보카도를 싸게 살 수 있는 것은 물론이고, 우리가 한 번도 접해보지 못한 한국의 생생한 역사와 이야기가 가득한 곳이라고 했다. 조엘은 그 매력적인 모래내시장에서 꼭 촬영을 하고 싶다고 강하게 말했다.

"우리가 알던 서울 맞아?"

아보카도를 파는 과일 가게 말고 모래내시장에 뭐가 있는지 아무런 정보도 없이 우리는 무작정 모래내시장으로 향했다. 한 손에는 카메라를 들고 알렉스와 조엘 그리고 나 이렇게 셋은 천천히 걸어서 시장으로 향했다.

모래내시장은 우리가 지금껏 알던 서울이 아니었다. 그
곳에 터를 잡고 장사하는 분들은 우리를 신기하게 쳐다봤지
만, 이내 우리가 한국어로 인사를 건네자 정겹게 받아주셨다.

"와! 저기 미국 양반들이 우리나라 말을 잘하시네!"

"아, 저 친구(알렉스)만 미국 사람이고 우리는 미국 사람
이 아닌데요."

나는 살짝 웃으며 대답했다.

"그럼 어디?"

"아, 저희는 연남동에서…"

"아니아니, 국적이 어디냐고… 고향 말이야."

"죄송해요. 농담이었어요."

"아이고, 유머까지. 이뻐라 이뻐라."

시장 상인 분들과 다양하고 재미있는 대화를 하며 시장
안으로 좀 더 들어갔다.

그러다 우연히 시금치를 다듬고 계시는 전라도 할머니
와 대화를 나누게 되었는데, 대화 도중 뒤에 있는 동굴같이
생긴 상가 앞에서 담배를 피우고 계시던 아저씨가 우리에게
말을 걸었다.

"여기서도 촬영 좀 하지."

아저씨가 말씀하신 '여기'가 어디를 뜻하는 것인지 몰랐

지만 나와 조엘은 시금치 할머니와의 대화를 잠시 미루고 아저씨가 계시는 상가로 발걸음을 옮겼다.

영국의 펍 같은 정겨움이 있는 곳

상가의 내부는 어두웠고 꼭 연기가 나는 것처럼 뿌옇고 흐린 분위기였다. 앞이 잘 보이지 않았지만 무섭기는커녕 오히려 영국 펍에 온 것 같은 정겨운 느낌이 들었다. 안으로 들어서자 바로 왼쪽에 있는 주방에서 여러 개의 프라이팬과 냄비로 동시에 여러 가지 요리를 하고 계시는 정겨운 인상의 주인 할머니가 반겨주셨다. 강하지만 따뜻한 인상이었다. 손에 카메라를 들고 약간 어리둥절한 표정을 지으며 들어가는 우리를 바라보고도 전혀 놀란 기색 없이 우리를 향해 무심한 눈짓으로 자리를 안내해주셨다.

그 식당은 신기하리만큼 동굴에 있는 느낌이 드는 곳이었다. 난생처음 가본 낯선 곳임에도 벽에 붙어 있는 오래된 메뉴판과 오래된 인테리어를 보고 있자니 이 식당과 시장 그리고 한국의 문화가 더욱더 생생하게 느껴졌다. 옆 테이블에서 막걸리에 허파를 드시고 있는 할아버지들은 1960년대의 레트로 스포츠 감성이 나는 그런 옷을 입고 느리게 말하고 움직였다.

우리는 주인 할머니에게 메뉴 추천을 부탁드렸고, 할머니는 우리에게 순댓국을 먹어보았냐고 물었다. 먹어는 봤지만 촬영에서 순댓국을 먹은 적은 없기에 일단 두 그릇을 주문했다. 할머니는 우리에게 허파가 무엇인지 아느냐고 물어보셨다. 모른다고 대답하자 바로 막걸리 한 병과 양념장 그리고 잘게 썬 허파를 가져다주셨다. 나와 조엘은 허파를 한 입 맛본 후 손님으로 온 아저씨들과 막걸리도 주고받고 뜨끈하고 담백한 순댓국을 먹으며 식당의 분위기를 온몸으로 느꼈다.

더 이상 손님이 들어오지 않자 할머니는 하던 설거지를 마무리하고 주방 옆에 붙어 있는 작은 테이블에 앉아 창문으로 시장 사람들을 바라보며 식사를 하셨다. 할머니가 무엇을 드시는지 궁금해서 가까이 다가갔다. 뚝배기 안에는 어떤 국이 있었는데, 국 안에 있는 건더기와 함께 된장을 넣어 상추쌈을 드시고 계셨다. 어떤 음식인지 궁금해 할머니에게 여쭤보자 할머니는 대답 대신 맛을 한번 보라고 했다.

본격적으로 할머니 옆에 앉았다. 가까이서 보니 생긴 것이 된장찌개와 비슷했지만 그보다는 색이 좀 더 진했다. 국물 위에는 기름이 떠 있고 얇게 썬 채소들과 잘 익은 고기가 풍성하게 들어 있었다.

"차돌(박이)예요?"

내가 물었다.

"어! 차돌(박이)."

"그러면 차돌(박이) 된장국인가요?"

"어어."

할머니는 큼지막한 상추 한 장을 왼쪽 손에 놓고 차돌박이 된장국에서 차돌과 채소를 크게 떠서 올린 후 흰 쌀밥한 숟갈을 넣어 싼 쌈을 된장에 푹 찍어서 그대로 내 입에 넣어주셨다. 씹는 순간 진한 고기의 육즙과 차돌박이의 기름에서 나오는 깊은 감칠맛이 입 안에 가득 퍼졌다. 상추는 아삭아삭 싱싱했고 할머니가 싸준 한 쌈은 다양한 식감과 맛들의 향연으로 시작해 살짝 매콤한 뒷맛으로 마무리되었다.

'그래! 이게 바로 한국의 맛이지!'

나는 이런 한국을, 이런 한국의 맛을 너무너무 사랑한다. 지금 이 자리에서 이렇게 따뜻하고 매력적인 한국 할머니와 대화하며, 이렇게 맛있는 차돌박이 된장국을 먹을 수있다는 사실 자체가 너무 신기하고 행복한 경험이라는 생각이 들었다. 내심 나의 반응이 궁금했던 할머니는 나의 표정을 보고는 재빠르게 두 번째 쌈을, 이번에는 고기와 밥을 더많이 넣어서 싸주셨다.

사실 영국에서는 식당 주인이 손으로 직접 만지며 준비한음식을 손님 입에 넣어주는 일을 서로에게 예의가 아니라고 생각하는데, 여기서는 그런 공식이 전혀 성립되지 않는 것 같다.

↑ 모래내시장에서 만난 아저씨. 친절하고 따뜻한 분이었다.
← 나와 조엘에게 쌈을 싸주신 할머니. 보고 싶다!

우연한 계기로 모래내시장에 오게 되었고, 특히 이 밥집에 와서 전혀 생각지 못한 음식을 새로운 사람과 먹고 있다는 게 너무나 신기했다. 마치 1960년대의 서울로 잠시 시간 여행을 온 것만 같았다. 모래내시장은 시장 자체가 오래되기도 했지만 지금도 거의 예전 모습 그대로 지켜지고 있었다. 게다가 시장 안에 있는 상점들 하나하나가 역사와 시간을 고스란히 담고 그 자리를 족히 50년 가까이 지켜왔다는 사실이 나를 놀라게 했다.

다시 가서 먹고 싶은 할머니표 쌈

나는 조엘의 촬영이 끝나기를 기다리는 동안 밥집 앞에서 내 카메라를 꺼내 사진을 찍기 시작했다. 할머니가 식탁을 치우는 모습, 주방 뒤에 작게 딸린 공간에서 핑크색과 보라색이 뒤엉켜 있는 체크무늬 담요를 덮고 앉아 오래된 공책에 무언가를 쓰며 계산기를 두드리는 모습 등을 조용히 바라봤다. 그런 모습이 참으로 따뜻하고 고요하게 다가왔다.

서울 가좌동의 복잡하고 도시적인 분위기가 아닌, 할머니가 아늑하게 만들어놓은 이 식당만의 특별하고도 독특한 느낌이 편안하게 느껴졌다. 그냥 평범한 집 같은 이런 모습이 더 밥집을 밥집답게 만드는 것 같다.

할머니가 조용히 나를 바라보았다. 엄숙하면서도 다정다감한 눈빛이다. 할머니는 몸집도 자그마하고 키도 나보다 한참 작았지만 할머니 앞에 있으니 왠지 내가 더 작게 느껴졌다. 할머니의 모든 몸짓과 눈빛에서 오래 쌓여온 힘이 느껴졌다.

조엘의 아보카도 중독 때문에 모래내시장을 찾았고, 그 덕분에 이제껏 촬영해온 어느 장소들보다 가장 한국적인 모습을 날것 그대로 볼 수 있었다. 어떤 음식인지 이름도 모르고 메뉴에도 없는 밥집 사장님의 점심을 얻어먹는 특별한 경험을 통해 한국 '탐험'의 대장정에서 한 계단을 더 오른 것 같다.

진짜 한국의 모습을 보고 싶으면 서울이 아니라 낯선 시골까지 찾아갈 수 있어야 한다는 생각을 갖고 있었는데, 꼭 그렇지만도 않은 것 같다. 모래내시장뿐만 아니라 앞으로도 서울 속 오래된 곳들을 경험할 생각을 하니 설레기까지 하다. 한국 사람들의 바쁜 삶 속에서도 천천히 가는 모래내의 시간이 참 감사하고 따뜻하게 느껴진다.

아직 모래내시장을 가보지 못한 사람이 있다면 꼭 한번 방문해서 메뉴에 없는 특별한 할머니표 차돌박이 된장국을 맛볼 수 있었으면 좋겠다. 지금도 내 머릿속에는 모래내시장에 가서 밥집 할머니 옆에 앉아 할머니가 싸주는 큰 쌈을 한 입에 넣고 우걱우걱 먹고 싶다는 생각뿐이다.

"나의 닭을 말아준다?"
웨일스 맥주와 한국 치킨

2017년 9월

〈단앤조엘〉채널을 시작하고 지금까지 백 개가 넘는 영상을 만들었다. 재미있는 사실은 내가 영국 사람임에도 불구하고 한국이 아닌 영국에서 찍은 영상이 열 개도 채 되지 않는다는 것이다. 그중 하나가 바로 웨일스 치맥 영상이다.

　2017년 한국에 오기 전에 나는 런던에서 2년간 다니던 한국 공기업을 그만두고 웨일스에 살고 계신 부모님 집에서 아내 현지와 한 달 정도 머물렀다. 부모님 집에 머무르는 동안 몇 가지 촬영 아이디어가 떠올라서 당시 런던에 살고 있는 조엘과 아담(〈단앤조엘〉에 종종 출연하는 친구다)을 불러 며

칠간 웨일스 부모님 댁에 머물며 3개의 영상을 촬영했다.

웨일스에서 하는 촬영이긴 했지만 그래도 한국 문화와 관련된 콘텐츠를 만들고 싶었다. 그래서 웨일스의 수도인 카디프에 있는 한국 마트에서 재료를 사와 김장하는 영상을 첫 번째로 찍었다. 두 번째는 웨일스에 최초로 생긴 한국 식당에서 코리안 바비큐 먹방 영상을 찍었다. 마지막으로 어떤 영상을 찍을지가 고민이었다.

나는 웨일스에서 2009년부터 2013년까지 전통 웨일스식 식재료를 이용해 요리하는 식당 두 곳에서 일한 경험이 있는데, 그러면서 자연스럽게 웨일스의 다양하고 수준 높은 수제 맥주를 접할 수 있었다. 문득 그 수제 맥주와 한국적인 아이디어를 접목시키면 좋은 조합이 되지 않을까 하는 생각이 들었다. 그러던 중 현지에게서 좋은 아이디어를 얻었다.

"내가 한국식 치킨을 만들어줄 테니까 웨일스 수제 맥주 양조장이나 펍에 가져가서 치맥 꿀조합 콘텐츠를 찍는 건 어때?"

아주 좋은 아이디어였다. 나는 바로 인터넷에 접속해 부모님 집과 멀지 않은 수제 맥주 양조장에 연락을 했다. 다행히 긍정적인 답을 받았고, 다음 날 방문하기로 했다.

아담의 차를 타고 우리는 한적한 시골길을 달렸다. 나는 아담 옆의 조수석에 앉았고, 조엘은 뒤에서 웨일스의 예쁜 자연을 카메라에 열심히 담았다. 떡갈나무, 버드나무, 소나무 그리고 자작나무까지 나무 사이사이로 들어오는 햇빛이 아름답게 빛났다. 창문을 살짝 열자 기분 좋은 바람이 차 안으로 살며시 들어와 내 볼과 머리를 간질였다. 차를 탄 지 한 시간쯤 지났지만 지루하기는커녕 오히려 신이 났다.

메인 도로 옆으로 갈라지는 오래된 산업단지의 꼬불꼬불한 길을 끝까지 달리자 우리 앞에 '토모스 어 릴포드(tomos a lilford)'라는 글씨에 백조가 그려져 있는 나무 간판이 나타났다. 드디어 양조장에 도착했다.

런던과 웨일스에서 촬영할 때면 늘 영상 맨 앞에 넣을 인트로 영상을 따로 촬영하곤 했는데, 오늘도 양조장 앞에서 양조장 간판이 잘 보이도록 간단한 인트로를 찍었다.

인트로 촬영을 마치고 작은 양조장 옆문으로 들어가자 그곳에 사장님이 계셨다.

"여기서 뭐 먹을 거라고 했지? 다행이네! 사실 내가 일부러 점심도 안 먹어서 엄청 배가 고프거든."

양조장 사장님의 첫인상은 아주 터프하고 다정다감했다. 키가 크고 꼭 등산을 즐길 것처럼 다부진 몸에 피부는 까무잡잡했다. 우리를 데리고 간단히 양조장 투어를 해주셨는데 솔직히 그다지 특별한 것은 없었다. 어차피 잠시 후면 치킨과 함께 맥주를 먹을 예정이라 투어 중에는 맥주를 거의 마시지 않았다.

양조장 입구에 있는 작고 아기자기한 바(Bar)로 다시 돌아왔다. 나무로 되어 있는 바 앞의 튼튼하게 생긴 소나무 테이블 위에 치킨을 놓고, 뒤에는 조금은 오래되어 멋스러운 레드와인 색 가죽 소파에 앉아서 촬영을 진행했다.

양조장 사장님도 반한 치킨과 맥주의 꿀조합

현지가 만들어준 세 가지 맛의 치킨과 소스는 이미 만든 지한 시간이 훌쩍 지났지만 여전히 먹음직스러워 보였다. 현지가 닭다리를 싫어해서 닭가슴살로만 치킨을 만들어줬는데, 사실 나도 치킨을 먹을 땐 닭가슴살을 더 좋아하기 때문에 오히려 잘됐다 싶었다.

먼저 파닭을 간장소스에 찍어 먹었다. 파의 아삭함과 살짝 신맛이 치킨에서 나오는 육즙과 간장의 짭짤한 감칠맛과 달달한 맛을 잡아주었다. 파닭과 말린 오렌지 껍질로 만든 OPA 에일을 함께 먹으니 정말 환상적이다. 치킨 반죽에 현지가 몰래 넣은 고추는 엄마가 집 정원에서 직접 키우는 매운 고추인데, 약간 매콤한 맛 덕분에 맥주가 상쾌하고 살짝 새콤했다.

풍미가 뛰어난 포트 맥주는 전통 영국식 맥주 스타일로,

사장님은 세 가지 맛의 치킨과는 잘 안 어울릴 것 같다고 말했지만 파와 간장소스에 찍은 프라이드치킨과 함께 먹으니 너무 잘 어울렸다. 맥주의 순하고 부드러운 향과 파의 살짝 쌉싸름한 맛이 환상적인 조합이었다.

다음으로 사장님이 추천한 맥주는 웨일스를 빼고는 세계에서 유일하게 웨일스어를 모국어로 쓰는 지역인 아르헨티나 파타고니아에서 카우보이를 뜻하는 '가우초(Gaucho)'라는 이름의 남미 IPA 스타일의 맥주다. 맥주에 넣은 '예르바 마테'라는 풀 때문인지 이색적인 향에 과일 맛이 살짝 느껴졌다. 지금까지 어디서도 먹어본 적이 없는 맛이다.

마지막으로 프라이드치킨과 매콤한 양념소스를 사장님이 특별히 마지막으로 소개하기 위해 남겨놓은 '마테 사워' 맥주와 함께 먹어본다. 완벽한 조합이라고밖에 설명이 안 되는 맛이다. 사워 맥주는 신맛이 나는 맥주인데, 그에 걸맞게 깔끔한 상큼함과 새콤함이 입 안을 감싸주고 시원하게 넘어갔다. 사장님도 같은 생각을 하는 눈치였다.

"That rolls my chicken."

"네?"

"나의 닭을 말아준다."

"무슨 말씀이신지…"

"엄청 맘에 든다는 말이지!"

양조장 사장님과 함께한 촬영은 좋은 에너지의 연속이었다. 영상을 제작하든, 예술을 하든, 맥주를 개발해 양조장을 운영하든, 엄마의 마음으로 치킨을 만들든, 그 어떤 일이든 순수하고 열정적인 마음과 깊은 애정을 가지고 임한다면 누구나 자기 일을 즐길 수 있고 존경할 수 있게 된다. 내가 푹 빠져 마신 수제 맥주는 모든 한국 음식과 잘 어울리는 건 아니지만 그날 먹은 치킨과는 너무나 잘 어울렸다. 어떤 조합이 베스트였냐고 묻는다면 하나를 꼽기가 어려울 정도였다.

사람마다 선호하는 치킨 조합이 있다

어느덧 한국에 온 지 2년이 넘었지만 그때 웨일스에서 먹은 한국식 치킨과 웨일스 수제 맥주와 같은 다채로운 맛의 조합은 못 먹어본 것 같다. 이 글을 쓰면서도 그때 먹은 치맥 조합이 생각이 나서 나도 모르게 군침이 돈다.

솔직한 말로 치킨이라는 음식은 오래된 역사를 가지고 있는 전통 한국 음식은 아니다. 그러나 한국인이든 외국인이든 한국 음식을 즐겨 먹는 사람들 중에 채식주의자 빼고 치킨을 못 먹는 사람은 없는 것 같다.

한국에 처음 왔을 때는 다양하고 맛있는 한국 음식들 중에 치킨이 그렇게 특별해 보이지 않았다. 처음 먹었을 때도 특별히 맛있다는 생각을 하지 않았다. 다만 사람마다 자기가 선호하는 치킨 조합이 있는 것 같다. 자기 취향에 따라 골라 먹는 재미 말이다.

　나는 자극적인 양념이 되지 않은 반죽에 매콤한 재료를 조금만 넣은, 그래서 닭고기 본래의 맛을 느낄 수 있는 그런 스타일의 치킨을 좋아한다. 여러분은 어떤 치킨을 좋아하시는지?

"여기 제육볶음 하나요!"

나는 외로운 대학 시절을 보냈다. 그럼에도 딱히 친구를 사귀려는 노력도, 대학 생활을 즐기려는 노력도 하지 않았다. 특히 한국에서 1년간 교환학생으로 지내는 동안은 정말정말 많이 외로웠다. 일주일에 몇 번 하는 영어 과외로 약간의 돈은 벌었지만 충분하지 않았고, 그렇다 보니 우울한 나날의 연속이었다. 게다가 당시 사귀던 여자 친구와도 헤어졌다.

특히 추운 겨울날 교회에서 집으로 걸어오는 길에는 따뜻하고 아늑한 카페와 식당이 많았는데, 한국어를 잘하지 못했던 나는 혼자 식당에 들어가 밥을 시켜 먹을 용기가 없었다. 그저 밖에서 바라보기만 할 뿐이었다. 그래서 내가 혼밥 장소로 자주 찾은 곳이 김밥천국이다.

한국에서는 식당에서 음식을 주문할 때 특별한 매너와 문화가 따로 있는 것 같다. 대부분의 한국 식당은 주력으로 파는 전문 메뉴가 있고 사람들은 보통 그 메뉴를 시킨다. 또 특이한 것은 한국에서는 '저기요'나 '이모님'을 부르지 않고도 원하는 메뉴만 말하면 자동으로 주문이 된다는 것이다.

　교환학생 시절, 영국에서 한국으로 같이 온 친구들과 닭갈비 체인점에서 밥을 먹기로 했다. 자리에 앉았지만 우리 중 누구도 소리를 내서 크게 주문하는 문화에 적응을 하지 못했기에 주문도 못하고 30분 이상을 기다려야 했다. 그러다가 결국 주방 앞에 서 있는 직원에게 가서 "저희가 이제 주문할 준비가 되었어요"라고 영어로 얘기하고 나서야 드디어 주문을 할 수 있었다.

　내가 한국에서 손님들이 식당 문을 열고 들어서자마자 큰 소리로 "제육볶음 하나요!" 하고 주문하는 것을 처음 본 것은 안암동의 어느 백반집에서였다. 그 식당은 내가 인생 처음으로 제육볶음을 먹은 식당이기도 하다. 당시에는 잘 몰랐지만 지금 생각해보니 아마도 기사 식당이었던 것 같다. 광이 날 정도로 깨끗한 긴 마호가니 색 나무 테이블과 꽃그림이 그려진 촌스러운 벽지가 있는 그런 식당이었다. 제육볶음이 특히 맛있었고 가격도 아주 착한 편이었다. 그 뒤로도 나는 제육볶음을 먹으러 일주일에 몇 번씩 그곳을 찾았다.

런던에 맛있는 한식당이 있다고?

2013년 가을에 영국으로 돌아가자마자 바로 한국 음식이 그리웠다. 영국의 수도인 런던에는 정말 많은 한국 식당이 있고 맛도 좋지만, 런던의 말도 안 되게 높은 땅값 때문인지 가격도 비쌌고 무엇보다 한국에서 느낄 수 있는 그런 정통 백반집의 분위기를 느끼기가 어려웠다.

그때 나는 물가가 아주 비싼 런던에서 대학을 다니면서 한국에서처럼 영어 과외를 시작했다. 내가 가르치는 학생들은 모두 한국인이었다. 그들 중에는 대학생도 있고 런던에서 2년간 워킹홀리데이 비자로 지내면서 일을 하는 사람도 있었는데, 대부분이 런던 시내에서 살짝 떨어진 북쪽의 '스위스코티지'라는 동네에서 살았다. 그 동네에는 한국인들이 워낙 많이 살아서 그들이 사는 옛날식 아파트를 '현대아파트'라고 부를 정도였다.

당시 나는 여러 가지로 상황이 좋지 않았는데, 그래서인지 그 동네에 갈 때마다 시끄러운 교통 체증과 우울하게 흐린 하늘 때문에 더 우울해지곤 했다. 그러다 우연히 지하철역 바로 옆에 있는 커피숍에서 알바를 하는 한국 학생의 영어 과외를 맡게 되었다. 대개는 학생이 퇴근하는 시간에 맞춰 과외 수업을 했는데, 다른 카페로 이동할 때면 그 학생은 그날 커피숍에서 다 팔지 못한 비싼 빵들을 나에게 나누어주었다. 그나마 그 학생과 수업을 할 땐 그런 소소한 재미 덕분에 조금이나마 기분이 나아지고는 했다. 그러다 마지막 수업날, 그 학생은 나에게 자신의 단골집인 한국 식당 하나를 소개해줬다.

"한번 가서 먹어봐요, 단! 내가 추천했다고 하면 서비스도 줄 거예요."

런던의 한국 식당은 서비스를 주지 않기로 유명한데 서비스를 준다니, 솔직히 크게 기대하진 않았다. 그래도 궁금해서 한번 가보았는데 식당의 첫인상은 그냥 외국인들이 좋아하는 스시를 주로 포장해서 파는 식당 같은 느낌이었다. 나는 식당에 앉아 먹고 가기로 결심하고 제육덮밥을 주문했다.

검정색 용기에 반은 하얀 쌀밥이 들어 있고, 나머지 반은 제육볶음이 가득 들어 있었다. 마무리로 고소한 깨와 잘게 썬 오이가 올라가 있었다. 적당한 간에 살짝 달콤 짭짤하면서 매운맛 끝에 고명으로 올라간 오이가 시원하고 깔끔했다. 그날부터 나는 거의 일주일에 한 번씩 식당을 찾아서 그 주에 새로 업데이트된 온라인 잡지의 식당 리뷰를 읽으며 제육덮밥을 먹었다. 그것이 그 당시 나의 유일한 소확행이었다.

우리식당에서 제육볶음을 만들다

그 후 한국으로 와 3개월 정도를 지내다 결혼을 하고 연남동의 오래된 주택으로 이사를 했다. 한국의 겨울 날씨는 영국과 비교했을 때 참을 수 없을 만큼 추운 것도 있지만, 때마침 날씨도 우중충하고 우울하던 참이어서 그냥 동네 근처에서 촬영하고 싶은 마음이 컸다. 그렇게 만들어진 기획이 〈단앤조엘〉의 시리즈 중 하나인 '우리 동네' 시리즈다. 몇 편의 영상을 촬영한 이후, 당시 신혼집 거실 창문을 열면 맞은편에 바로 보일 만큼 가까이 있는 '우리식당'에서 촬영하기로 했다.

우리식당은 사장님뿐만 아니라 모든 직원이 따뜻하고 친절하다. 여러 가지 메뉴들 중에서도 내가 즐겨 먹는 음식은 돼지고기가 듬뿍 들어간 김치찌개와 제육볶음이다. 손님들도 그 메뉴를 가장 많이 찾는 듯하다.

오늘의 촬영을 도와주기로 한 알렉스가 카메라 한 대로 여러 각도와 방향에서 촬영하는 동안 나와 조엘은 메뉴를 살

↑ ↓
우리식당의 어머님과 내가 만든 제육볶음.
우리식당은 타국에서 나를 반겨준 첫 번째 식당이다.

펴보면서 편안하고 자연스럽게 대화를 나누었다.

　우리식당에서는 제육덮밥이 아니라 제육볶음을 팔았다. 육질이 좋은 돼지고기와 함께 적당한 두께로 썬 양파와 당근, 그 밖에 여러 가지 채소를 너무 푹 익히지 않은 적당한 식감으로 양념과 함께 잘 볶아서 나온다. 양도 푸짐하고 너무 짜거나 자극적이지도 않아서 집에서 엄마가 해주는 맛이다.

　하지만 이번에는 조엘과 마주 앉아 편하게 먹는 식사가 아니라 촬영을 위해 먹는 음식이다 보니 시청자들이 식상할 수도 있겠다는 생각이 들었다. 음식을 주문하고 나서 어떻게 하면 좀 더 재미를 줄 수 있을지 생각해보았다. 물론 집에서 만든 자극적이지 않은 제육볶음처럼 영상도 담백한 재미여야 했다.

　그러다 갑자기 좋은 생각이 떠올라 사장님께 아무 말도 안 하고 곧장 주방으로 뛰어 들어갔다. 너무 자주 가서 언제나 반갑게 맞아주시는 사장님의 어머님이 역시나 반갑게 맞아주셨다. 주방 안쪽에는 싱싱한 대파와 양파, 감자를 비롯해 갖가지 신선한 채소가 든 박스로 가득했다. 주방을 얼마나 깔끔하게 관리하시는지 조리대가 반짝반짝했다.

　가스레인지 위에는 언제든 요리할 수 있게 프라이팬들을 여러 개 올려두었다. 나는 사장님 어머님의 지휘하에 목살을 넣고 갖가지 채소와 양념을 넣어 제육볶음을 만들기 시작했다. 고기와 채소에서 나오는 국물이 모두 졸아들 때까지 잘 볶아주다 살짝 태워 불 맛까지 끌어냈다. 제육볶음이 완성될 즈음 옆에 계시던 사장님 어머님이 한마디 하셨다.

"제대로 하는데요!"

칭찬도 받았겠다, 기분이 좋아져서 이제 조엘과 제육볶음을 맛보기로 한다. 갓 지어 뜨끈뜨끈한 밥을 한 숟갈 크게 떠서 제육볶음을 올려 먹으니 아주 꿀맛이다. 어떻게 이렇게 완벽하게 간을 맞출 수 있는지 놀랍기만 하다.

내가 우리식당을 사랑하는 가장 큰 이유는 이 집의 밑반찬에 있다. 매일매일 반찬이 바뀌는데 오늘은 짭짤한 김자반에 김치와 오이무침 그리고 밑반찬으로 나오기는 좀 과분한 닭볶음탕까지 나왔다. 오후 세 시밖에 안 됐음에도 절로 술을 부르는 음식들 때문에 소주는 조금 과하고 청하를 한 병 시켰다.

이미 점심시간이 지났지만 이곳이 맛집이라는 것을 증명이라도 하듯 테이블이 하나둘 채워지면서 사람들의 이야기 소리로 떠들썩했다. 추운 겨울, 돈도 없고 아는 사람도 많이 없는 타국에서 지내는 외국인인 나에게 우리식당은 이제 이곳은 더 이상 타국이 아니라고, 당신은 이방인이 아니라고, 이곳은 '우리 동네'라고 따뜻하게 맞아준 첫 번째 식당이다. 우리식당은 정말 '우리의 식당'이자 '우리식당'이다.

우리식당의 많은 메뉴들 중에 맛집이라고 소문날 정도로 특별한 메뉴는 없을지도 모른다. 그러나 나는 무엇이 먹고 싶은지 딱히 모를 때는 그냥 제육볶음을 시킨다. 테이블을 가득 채운 싱싱하고 다양한 밑반찬과 고슬고슬한 밥을 함께 먹다 보면 어느새 행복과 정이 넘치는 시간으로 채워진다. 무엇보다 타국에서 살아가는 외국인들은 가끔 두렵고 쓸쓸해질 때 힐링이 되는 시간이 필요한데, 그때 나는 이 겸손한 '우리식당'에서 그런 시간을 갖는다.

　타국에서 살아가는 사람이든 태어날 때부터 고향에서 살아온 사람이든 누구나 자기만의 힐링 장소와 쉼을 가질 수 있는 시간을 찾았으면 한다.

홍어, 김치, 삼겹살_
삼합의 추억

2018년 4월

2018년 4월에 모래내시장에서 4편으로 구성된 시리즈를 촬영했다. 네 편 모두 오랜 기간 동안 시장에서 장사하는 상인분들과 시장을 방문하는 고객들과 소통을 하며 그분들의 스토리를 담고자 했다. 1편과 3편은 먹방이 아닌 탐험을 콘셉트로 잡고, 2편과 4편은 시장 안 특별한 환경에서 전에는 먹어보지 못한 음식을 체험하는 것을 콘셉트로 정했다.

모래내시장을 중심으로 대부분의 고객들이 지나다니는 가운뎃길 말고 또 뭐가 있는지 궁금해서 하루는 양쪽의 구석진 골목길을 돌아다녔다. 알렉스는 카메라 한 대로 조엘과 내가 구경하면서 걸어가고 있는 모습과 잠깐 멈춰 서서 상인 분들과 대화를 나누는 모습을 바삐 움직이며 찍었다.

조엘과 나는 모래내시장 뒤쪽에 있는 길로 쭉 돌아서 시장 옆 골목길로 자연스럽게 들어섰다. 두 편의 영상분에 관한 촬영이다 보니 그냥 가만히 서서 시장 구경만 하면 안 되고 무언가 먹는 장면이 필요했다. 촬영할 만한 식당을 찾던 중 한 중년 남자가 지나가다가 우리에게 말을 건넸다.

"프롬?"

"아, 저는 영국 카디프에서 왔어요."

"카디프? 웨스턴 파트?"

긴 콧수염에 키가 크고 멋지게 차려입은 남성이었다. 한 손에는 핸드폰을 들고 있고, 다른 한 손에는 가운뎃손가락에 멋진 반지를 끼고 있었다. 그는 모래내에서는 어딜 가든 충분히 오래되고 맛있는 음식점을 찾을 수 있다면서, "아이 해브 썸 프로미스"라는 말을 끝으로 우리와 악수를 하고는 걸음을 옮겼다.

이번에는 큰 길을 벗어나 옆 골목길로 가보기로 했다. 분위기가 전혀 달랐다. 아예 문을 닫은 상점이 대부분이었고, 빨간 스프레이로 '재개발', '철거 예정' 같은 무시무시한 경고 문구들이 적혀 있었다. 모래내시장이 곧 재개발될 예정이라는 것을 알 수 있었다. 따뜻하고 정이 많은 어르신들과

정겹고 흥미로운 이야기들을 가득 품고 있는 모래내시장의 대부분이 곧 없어진다는 사실을 내 두 눈으로 마주하고 있자니 발걸음이 무거워졌다. 그런데 그곳에서 몇 걸음 채 가지 않아 아주아주 마음에 드는 식당이 나왔다.

아저씨들과 둘러앉아
홍어 한 점, 생선찌개 한 입

벗겨진 벽에 빨간색 천막과 파란색 간판, 모래내시장만의 촌스러운 매력과 아기자기한 감성이 그대로 느껴지는 식당이었다. 처음 보는 메뉴들도 많았다. 오리탕, 북어찜, 오징어제육 등 다양하고 생소한 메뉴들이 눈에 띄었다. 무얼 먹을지도 모르고 무작정 들어선 식당 안에서 꼬랑꼬랑한 냄새가 확 풍겼다. 홍어 맛집이라는 생각이 들어 얼른 홍어를 주문하고 제육볶음도 1인분 시켰다. 홍어는 나의 선택이고, 제육볶음은 매콤한 맛을 좋아하는 조엘의 안전한 선택이었다.

　식당은 아주 편안한 분위기였다. 우리가 앉은 테이블 옆에는 주인 할머니가 광이 날 정도로 깨끗이 닦아놓은 스테인리스 조리대가 있었는데, 그 주방 안에서 여러 가지 음식 냄새가 풍겨 나왔다. 기름을 두르고 볶기 시작하면 매운맛은 날아가고 단맛이 풍부하게 올라오는 양파와 마늘에 생선과

물 그리고 갖가지 채소를 넣고 끓이자 군침 도는 생선찌개가 완성되었다. 그 옆에 납작하고 둥근 냄비에서는 점점 맛있는 냄새와 함께 김이 나기 시작했다. 주인 할머니가 식당 문 앞에서 연신 촬영하고 있는 우리를 신기하게 바라보셨다. 한눈에도 연세가 아주 많은 듯해 보였지만 표정만은 마치 10대 소녀 같으셨다.

할머니가 달걀 모양 접시에 홍어를 내어주셨다. 예전에 전주에서 홍어에 돼지고기와 김치를 얹어 먹어본 적이 있는데, 이번엔 삼합이 아닌 홍어 본래의 맛을 진하게 느끼기 위해 초장에만 찍어서 먹어보기로 했다. 왠지 이 식당에서는 홍어의 맛을 제대로 느낄 수 있을 것 같다는 생각이 들었다.

조엘이 가만히 지켜보는 가운데 먼저 초장을 듬뿍 찍어 홍어를 한입에 넣었다. 풍부한 맛이지만 뭔가 시큼했다. 생선이라는 느낌보다는 고기 같은 쫄깃한 식감이었다. 아무렇지 않게 홍어를 먹는 나를 보고 조엘은 살짝 놀란 듯했지만, 곧 궁금한 표정으로 바뀌었다. 나의 코는 이내 톡 쏘기 시작했고 쿰쿰하고 살짝 비린 맛도 느껴졌다.

옆 테이블에 앉아 우리를 바라보고 있던 아저씨가 안경을 닦으며 우리를 보더니 "젊은 외국 남자들이 웬만한 한국 젊은이도 먹기 힘들어하는 홍어를 참 잘 먹네"라며 놀라워하셨다. 그러고는 자신들 테이블 위에 있는 냄비 속 생선찌개

옆 테이블 아저씨가 홍어 삼합으로 싸서 먹는 방법을 알려주셨다.

국물을 국자로 휘저은 뒤 생선 한 마리를 꺼내 뼈와 살을 고급 기술로 발라내기 시작했다. 생선찌개를 한 입 드시고는 갑자기 우리 테이블로 와 나와 조엘 사이에 순식간에 앉으셨다.

"삼합이라고… 홍어는 삼겹살이랑 김치랑 다 같이 싸서 먹으면…"

"아, 그럼 김치의 신맛이 홍어의 삭은 맛을 잡아주죠."

"잘 알고 있네."

홍어만 먹는 게 아니라 삼합으로 싸서 먹는 방법을 보자 조엘이 갑자기 관심을 보였다. 아저씨가 먼저 한 쌈 크게 싸서 먹는 것을 보고 조엘이 바로 쌈을 싸기 시작했다. 아까 홍어만 먹었을 때와는 비교가 되지 않는 표정이다. 쿰쿰하게 삭힌 홍어의 맛과 잘 발효된 김치의 신맛, 그리고 삼겹살의 기름진 감칠맛이 어우러져 조화로운 맛의 향연이 입 안 가득 차오르는 동시에 쿰쿰하고 톡 쏘는 맛 때문에 조엘은 눈물이 삐죽 났다. 하지만 홍어를 즐기며 먹는 모습을 보니 덩달아 나도 신이 났다.

점심시간이 되자 식당은 곧 식사를 하러 온 직장인들로 가득 찼다. 분주하게 달그락거리며 요리하는 소리와, 홍어를 먹는 우리 모습을 보고 킬킬거리며 웃는 아저씨들의 소리가 한데 뒤섞여 어느새 식당 안은 정겨움으로 풍성해졌다.

예전에 유튜브 채널 〈영국남자〉의 조쉬, 올리와 전주에서 홍어를 처음 먹을 때는 기억에 남을 정도로 그렇게 인상적이지는 않았다. 솔직히 말하면 친구들이 이야기했던 것만큼 맛있게 느껴지지 않았다. 그런데 동네 할머니, 할아버지들이 편하게 식사하러 오는 식당에서 홍어를 먹고 있으니 그 특별한 맛과 먹는 재미를 이제야 조금이나마 알 것 같다.

한국 어른들에게 홍어는 귀하디귀한 음식이자, 저렴한 가격은 아니지만 뭔가 특별한 날에 먹을 수 있는 음식이고, 국내산이 아니면 잘 쳐주지 않는 음식이다. 그런 특별한 음식을 모래내시장에서 경험한 덕분에 내게도 잊지 못할 특별한 순간이 되었다. 지금도 홍어와 그 식당 그리고 그날의 경험이 떠오르면 저절로 미소가 지어진다.

나는 2018년 겨울 모래내시장 재개발을 주제로 망원동에 있는 커피숍에서 사진전을 열었다. 전시할 사진들을 찍기 위해 그 뒤로도 모래내시장을 몇 번 더 방문했지만, 이미 홍어 식당은 문을 닫은 뒤였다. 부드러운 불빛과 사람들 웃음소리가 흘러나오던 식당은 '철거 예정'이라는 빨간색 문구만 남아 있을 뿐이었다.

지금은 사라진 모래내시장의 진구네 식당.

조엘에게 만들어준
한국식 브렉퍼스트

2018년 1월부터 3월까지 두 달간 조엘은 우리의 신혼집 거실에서 불편하게 지내다 드디어 본격적으로 혼자 살 집을 구하기 시작했다. 조엘은 초록색 옥상에 두 개의 방이 있는 집을 꿈꾸었고, 우리는 그런 집을 꼭 찾을 수 있도록 열심히 기도했다.

  당시 나의 신혼집은 연남동이고, 알렉스의 신혼집은 우리 집 근처인 성산동이었다. 또 우리가 자주 가는 큐어커피숍과도 5분 거리밖에 되지 않아서 조엘은 그 주변에 나온 옥탑방을 보기로 했다. 다른 건 다 좋았지만 조엘이 원하는 투룸이 아닌 원룸이라 고민이 많았다. 하지만 결혼한 지 두 달도 안 된 신혼집에서 계속 지내는 것이 무리라고 생각했는지 조엘은 다음 날 부동산에 전화해 계약하기로 마음먹었다. 그날 밤 조엘은 자기 전에 기도했다. 자신이 그 집으로 이사하는 걸 하나님이 원치 않는다면 다른 사람이 그 집을 먼저 선택하도록 해달라고 말이다.

다음 날 오전, 조엘은 나에게 대신 부동산 아저씨에게 전화해달라고 부탁했다. 하지만 내가 전화했을 때 이미 그 집은 나가고 없었다. 조엘은 다시 열심히 기도했고, 며칠 뒤 조엘이 간절히 원하던 초록색 옥상의 투룸 집을 찾았다. 성산2동에 자리한 그 집은 런던 가격의 4분의 1밖에 안 되는 수준이었지만, 넓은 옥상에 조금은 촌스럽고 복잡한 골목길에 자리 잡은 매력적인 곳이었다. 그다지 깔끔하지 않은 조엘과 어떻게 보면 잘 어울리는 곳이라는 생각이 들었다.

관광객이 많고 아주 바쁘고 화려한 연남동에 비해 성산2동은 가정집이 많고 사람 사는 냄새가 더 많이 나는 동네라는 점에서 따뜻하고 정겨운 곳이었다. 조엘이 이사 가는 날은 비가 정말 억수같이 쏟아졌지만, 조엘은 행복한 마음으로 우리의 신혼집을 떠나 자신의 집으로 기쁘게 떠났다. 조엘이 이사함으로써 우리가 활동할 수 있는 범위가 연남동에서 성산동까지 확장되었다. 조만간 조엘의 동네에서도 영상 한 편을 꼭 촬영해야겠다고 생각했다.

조엘네 옥상에서 한국식 브렉퍼스트 만들기

나는 야외에서 요리하는 것을 무척 좋아한다. 이탈리아 사르
데냐에서 일한 기억이 되살아나서 너무 좋다. 갑갑한 실내
주방보다 자연과 더 가까이서 요리하면 육체적으로도 살아
있는 듯한 기분을 느낄 수 있고, 아주 다이내믹하고 예측할
수 없는 상황들이 펼쳐진다. 조엘이 새로운 곳으로 이사도
했겠다, 조엘네 옥상에서 성산2동 '우리 동네' 편을 촬영하기
로 했다.

　　나는 요리할 때 외국 음식을 만들더라도 한국산 재료를
사용해 요리하는 것을 좋아한다. 그래서 예전에도 연남동 숲
길에서 한우로 버거를 만드는 촬영을 했다. 개인적으로 서양
음식의 형식과 미학적인 가치관을 좋아하지만, 한국이니 만
큼 한국산 재료를 사용하면 음식에서 새로움과 신선한 재미
가 생기기 때문이다.

　　다양한 영국 음식 가운데 영국을 가장 잘 대표할 수 있
는 메뉴가 바로 '풀 잉글리쉬 브렉퍼스트'다. 보통은 영국식
소시지, 훈제 베이컨, 계란 프라이, 구운 콩 그리고 버터를 바
른 토스트가 한 접시에 나오는 메뉴다. 하지만 이번에는 잉

글리쉬 브렉퍼스트가 아닌, 한국산 재료를 사용한 한국식 브렉퍼스트를 만들어보기로 했다. 한국에서는 내가 좋아하는 영국식 소시지를 구하기가 어려워서 소시지 없이 베이컨과 계란, 토마토, 버섯 그리고 빵으로만 만들기로 했다.

조엘네 옥탑방 한쪽에 있는 스티로폼 단열재 블록 위에 앉아서 촬영 준비를 했다. 진한 갈색 교자상에 버너, 프라이팬 그리고 재료들을 준비했다. 옥상에 앉아 요리를 하니 절로 흥이 났다. 더욱이 오늘은 야외에서 촬영하기에 더없이 완벽한 날씨로, 바람이 거의 없고 햇빛이 쨍쨍했다. 나는 '우리 동네' 시리즈에서 촬영했던 미용실 편(궁금하신 분들은 〈단앤조엘〉 유튜브 영상을 참고하시기를!) 때문에 지금 아주 짧은 반삭의 군인 머리가 되었다. 나는 군인 머리에 동그란 뿔테 안경을 쓰고 요리를 하고, 조엘은 옆에서 진행을 맡았다.

베이컨은 구하기가 조금 까다로워서 베이컨 대신 두껍고 지방이 많은 삼겹살을 준비했다. 고기가 아주 신선하고 두꺼운 것이 삼겹살이 아니라 오겹살 같았다. 기름을 두르지 않은 약한 불에 삼겹살부터 굽기 시작했다. 삼겹살이 조금씩 익을수록 불을 서서히 높여주면 슬슬 베이컨을 구울 때와 비슷한 향기가 나면서 물컹물컹하던 삼겹살이 점점 노릇노릇하게 익어간다.

삼겹살을 아주 약한 불에서 천천히 익히다 보니 프라이

팬이 아닌 오븐에서 구운 것처럼 아주 잘 구워졌다. 잘 익은 삼겹살은 접시에 잠시 빼놓고, 삼겹살에서 나온 기름을 그대로 활용해 계란 프라이를 했다. 노른자를 부드럽게 잘 익히기 위해 노른자 위로 기름을 계속 끼얹어주었다. 이렇게 하면 식감이 흡사 마요네즈처럼 부드럽고 색깔도 더 진해지며 훨씬 풍부하고 감칠맛이 난다.

계란 프라이까지 다 끝나면 다른 재료들이 요리되는 동안 식지 않도록 삼겹살과 함께 잘 덮어 불 옆에 둔다. 아직 열이 가시지 않은 프라이팬에 방울토마토 10개 정도를 통째로 넣어 살짝 굽는다. 왕 소금을 잘 뿌려주고 버섯도 함께 넣어 살짝만 익도록 볶아준다. 방울토마토는 짭짤하고 단맛이 나도록 잘 구워주고 버섯은 쫄깃한 식감을 살려서 굽는다.

한국산 재료로 만든 코리안 브렉퍼스트가 완성되었으니, 이번에는 한국산 재료로 '프렌치토스트'도 만들어본다. 프랑스와 영국에서 하는 것처럼 우유와 계란을 잘 풀어 구워주면 되는 간단한 요리인데, 한국에만 있는 재료를 사용하고 싶은 마음에 우유 대신 쌀음료를 사용하기로 했다. 사실 정말 맛있을지는 모르겠지만 왠지 사람들이 재미있어 하고 신기해할 것 같아 시도해봤다. 오! 쌀음료를 넣어 구운 한국식 프렌치토스트를 맛보니 우리가 흔히 아는 프렌치토스트보다 몇 배는 더 맛있었다.

조엘 형이 만들어준 수란을 얹은 아침 식사. 형도 종종 나에게 요리를 해준다.

드디어 풀 코리안 브렉퍼스트를 시식해본다. 베이컨 역할을 하는 삼겹살은 바삭하게 잘 구워졌고 베이컨보다 두툼해서 씹는 식감도 아주 재미있다. 빵은 부드럽고 고소하고 담백하다. 토마토는 짭짤하고 풍미로 가득 차 있고 버섯은 재미있는 식감에 맛도 좋다. 그중에서도 가장 맛있는 것은 계란 프라이다. 흰자는 부드러운 버터에 살짝 익힌 견과류 같은 맛이고 노른자는 터져나오는 감칠맛이 정말 말도 안 되게 맛있다.

누가 나에게 한국 음식의 가장 큰 특징을 말해보라고 하면 밑반찬이 많다는 것이다. 가끔 메인 요리보다도 반찬이 더 맛있고 기억에 남는 순간들이 있는데 오늘이 바로 그렇다. 프렌치토스트고 한국산 풀 브렉퍼스트고 기억나지 않고 그냥 계란 프라이가 너무 맛있었다!

어릴 적 아빠가 해주던 브렉퍼스트의 맛

나에게 '풀 잉글리쉬 브렉퍼스트'는 좋은 추억과 향수병을 갖게 만드는 음식 중 하나다. 초등학교 5학년 때부터 매주 토요일 아침마다 축구 경기를 하고 집에 오면, 내가 샤워하는 동안 아빠가 풀 잉글리쉬 브렉퍼스트를 아주 푸짐하게 만들어주셨다. 그러면 나는 테이블에 앉아 허겁지겁 먹기 바쁘고, 아빠는 맞은편에서 신문을 꺼내 안경을 쓰고 스포츠 뉴스를 조용히 읽었다.

　나는 아빠와 별말 없어도 그저 함께 보내는 그 시간이 참 좋았다. 내가 뛰는 축구 경기를 열심히 응원해주고 또 브렉퍼스트까지 만들어준 것은 아빠만의 사랑의 표현이었을 것이다.

　아빠와 함께 보낸 그 소중한 시간이 어느덧 12년이나 지났다. 지금 이 순간, 조엘에게 똑같은 음식을 해줌으로써 내가 조엘 형을 얼마나 사랑하는지 그 마음이 꼭 전해졌으면 좋겠다.

　조엘 형, 내가 정말 사랑하는 거 알지?

단이 만난 '사람들'

People

한국인과 아프리카계
미국인 사이,
세드릭

2018년 5월

집을 나서자마자 뜨거운 열기가 느껴지는 여름이다. 날씨에 걸맞게 옷을 가볍게 입고 집 앞 단골 커피숍에서 특별히 주문한 아이스 에스프레소를 주문해 마시며 출근하는 발걸음은 가볍기만 하다. 매일 아침 출근 전 아내와 인사하고 맨 처음으로 만나는 사람은 언제나 조엘이다. 아침형 인간인 나와 달리 조엘은 오전 10시가 되기 전에는 연락이 안 된다(항상 그렇단 말은 아니다).

　오늘은 〈단앤조엘〉 유튜브 영상을 촬영하기로 한 날이다. 우리와 자주 일하는 카메라맨 알리쉬(본명은 알렉스)는 사무실 근처 녹음 스튜디오에서 아직 녹음 중이다. 알렉스는 카메라 감독 일뿐만 아니라 특유의 좋은 목소리로 성우 일도 많이 한다. 뭘 하든 늘 부지런한 알렉스다.

　오늘 촬영할 영상은 '커피 이야기' 시리즈의 두 번째 에피소드다. 오늘 출연할 게스트는 내가 한 번도 본 적이 없는 사람이라 조엘이 소개를 해주기로 했는데, 여전히 조엘과 연락이 닿지 않았다. 어색해도 일단 만나서 이야기라도 나누고 있는 게 낫겠다 싶어 촬영 장소로 걸음을 옮겼다.

　오전 9시 56분. 촬영할 커피숍 앞에 도착했다. 이곳은 내가 살고 있는 연남동과, 알렉스가 살고 있는 성산동, 조엘이 살고 있는 남가좌동, 그리고 아기자기한 커피숍을 찾으러 우리가 자주 가는 연희동, 이 네 군데 '동'의 중심에 있는 우리의 아지트 같은 커피숍이다.

　보통 평일에는 오전 10시에 오픈하는데 오늘따라 커피숍 불이 꺼져 있다. 게다가 항상 가게 앞에 주차되어 있는 커피숍 사장님의 남색 승용차도 보이질 않는다. 아직은 땀이 나지 않지만 이대로 있다간 촬영 시작도 전에 온몸이 흠뻑 젖을 것 같다. 더위도 피할 겸 조엘이 오는 길 방향으로 무작정 걷기 시작했다. 고가도로 아래는 바람이 선선해 그 길이라면 안심이었다.

　그늘을 따라 2분 정도 걷고 있으니 내 앞에 키가 '으수로' 큰 흑인 아저씨가 나타났다. '읏수로'는 경상도가 고향인 나의 장인어른이 즐겨쓰는 말투다. 고작 2분을 걸었는데도 땀이 폭발하는 이런 찜통더위에 건장한 체격의 흑인 아저씨는 긴팔 체크 셔츠로도 모자라서 두꺼운 양모로 짠 브이넥 점퍼(스웨터를 영국에서는 점퍼라고 부른다)에, 심지어 넥타이까지 매고서 아주 인자한 웃음을 지으며 아무렇지 않게 걸어오고 있었다. 인상적인 모습이었다, 진짜! 그가 바로 오늘 인터뷰의 주인공인 세드릭이다.

오늘의 주인공, 세드릭을 만나다

그나저나 우리는 오늘 에피소드의 주인공을 왜 만나는 걸까? 어떤 특별한 촬영을 하기로 한 걸까?

'커피 이야기' 시리즈는 개인적으로 유튜브라는 플랫폼에서 우리가 유일하게 잘할 수 있겠다고 생각한 콘텐츠다. 게스트를 초대해서 재미와 웃음을 선사하는 동시에 잔잔하고 편안한 스타일을 추가함으로써 그 사람에 대해 조금 더 진지하고 의미 있는 스토리를 담고자 기획했다. 〈단앤조엘〉의 '커피 이야기'를 통해 아무리 평범한 사람일지라도 이 공간에서 누구나 자기만의 흥미롭고 의미 있는, 귀하고 소중한 자신의 스토리를 풀어낼 수 있지 않을까 하는 마음에서 시작

↓ →
우리가 자주 가는 연남동 카페. '논탄토'.

'커피 이야기' 시리즈는 유튜브에서 나와 조엘이 유일하게 잘할 수 있겠다고 생각한 콘텐츠다. 게스트를 초대해서 재미와 웃음을 선사하는 동시에 잔잔하고 편안한 스타일을 추가함으로써 그 사람에 대해 조금 더 진지하고 의미 있는 스토리를 담고자 기획했다.

했다.

처음 세드릭을 봤을 때 우리 사이의 거리는 50미터도 채 안 되었다. 이것이 서양 문화인지 아니면 영국 문화인지 잘 모르겠지만, 처음 만나는 사람과 인사를 나누기엔 너무 먼 거리라 생각했다. 그래서 10미터쯤으로 거리가 좁혀졌을 때 비로소 그에게 인사를 건넸다.

"하이 데어!"

"헤이 댄!"

미국인이라 '단'이라고 못 부르는구나 생각했다. 미국 사람들은 '단'을 미국식으로 부르면 '댄'이라고 부른다고 들었는데 사실이었다.

일단 첫인상이 굉장히 좋았다. 무엇을 보든 어떤 일을 하든 긍정적으로 받아들이려고 노력한다는 느낌을 받았다. 첫인사를 건네는 순간부터 멋지다고 느꼈다. 깔끔한 외모에 목소리 또한 멋졌다.

그때 알렉스가 자신의 카메라와 삼각대를 들고 커피숍으로 들어왔다. 세드릭은 잠시 화장실에 다녀온다고 자리를 비운 상태였다. 거의 매일 오는 커피숍이니만큼 알렉스는 반갑게 사장님께 자기만의 스타일로 인사를 드렸다.

"예!!! 사장님, 오늘도 저희를 받아주셔서 대단히 감사드립니다!"

알렉스는 미국인임에도 영국 유머를 잘 구사한다.

이어서 조엘이 도착했다. 어제 저녁에 운동을 끝내고 닭볶음탕을 먹었는데, 너무 늦은 시간에 먹은 탓에 속이 안 좋다고 했다. 그래서 아침 일찍 일어났지만 한동안 침대에서 꼼짝하지 못했단다.

'그래서 연락이 안 됐군!'

한국계 미국인으로서의 삶은 어떨까?

드디어 촬영이 시작됐다. 조엘은 이전에 딱 한 번 본 세드릭과의 촬영이 처음이라 조금 어색한 눈치였다. 그래서였나. 우리가 계획한 자기소개와 세드릭에 대한 질문을 모두 건너뛴 채 다짜고짜 조엘이 비트박스를 했다. 촬영하던 알렉스와 질문지를 확인 중이던 나는 조엘을 이상하게 쳐다봤다. 그때 세드릭이 입으로 드럼 소리를 내기 시작했다. 세드릭의 발밑에는 플라스틱 뚜껑 같은 걸로 하수구를 막아놓았는데, 그 플라스틱을 살짝살짝 발로 치더니 이내 기가 막힌 또 다른 드럼 소리를 만들어냈다. 어색했던 촬영 분위기가 조금씩 풀어졌다.

자기만의 자유로운 스타일로 조엘이 세드릭의 인생에 대해 질문을 했다. 세드릭은 미국인이지만 혼혈이라고 했다.

어머니는 한국인이고 몇 년 전에 돌아가신 아버님이 흑인, 미국인이란다. 그 때문인지 두 가지, 아니 세 가지의 다양한 문화 사이에서 자란 세드릭은 세상을 바라보는 시각 또한 아주 긍정적이고 독특했다.

어릴 때 한국어를 따로 배우지 못한 세드릭은 한국어를 배우기 위해 한국에 왔다고 했다. 한국에 온 지는 2년이 채 되지 않았는데 현재 한국 아이들에게 열심히 영어를 가르치면서, 자신의 콘텐츠를 만들어 올리는 개인 유튜버이자 한국어를 공부하는 학생이라고 자신을 소개했다. 낯선 타지에서 모르는 것도 많고 말도 안 통할 때가 많지만, 그런 어려움을 오히려 무언가를 배울 수 있는 기회와 도전으로 생각한다(이 이야기가 아주 인상 깊었다)고 했다.

그는 미국에서 초등학교와 중학교를 다녔지만 문화적으로 별다른 소속감 없이 지내야 했다. 한국인과 아프리카계 미국인 사이에서 태어나 흑인 친구들이 보기에 그는 아시아인이었고, 동양인 친구들 눈에는 누가 봐도 흑인이었기 때문이다. 자기 정체성과 소속감을 느끼지 못한 학교생활이 왠지 아주 도전적이었을 것 같다. 미국에서는 한국인 어머니와 함께 지내면서 어느 정도 한국 문화를 자연스럽게 배우며 익숙해졌고, 여러 가지 흥미로운 일을 하며 돈도 잘 벌었는데, 그런 익숙하고 편안한 삶을 버리고 한국에 온 것 자체가 어떻

게 보면 꼭 큰 용기이자 도전이 아닐까 하는 생각이 들었다.

인터뷰를 진행하는 내내 조엘은 질문을 많이 하기보다 세드릭의 말 하나하나를 주의 깊게 듣고 그가 더 많은 말을 할 수 있도록 격려하는 데 집중했다. 평소에 나는 조엘에게 영상 제작과 카메라 녹화, 영상 편집 등 연출에 관한 여러 가지를 배우곤 했는데, 오늘은 인터뷰어로서 처음 만나는 사람과 인터뷰를 진행할 때 어떻게 해야 그 사람의 이야기를 가장 자연스럽게, 가장 흥미롭게, 있는 그대로 나올 수 있게 하는지를 배울 수 있었다.

조용하고 적막하기까지 한 커피숍에서 세드릭의 목소리가 유독 또렷하게 들렸다. 나는 인터뷰 내내 한자리에 가만히 서 있었고, 알렉스는 내 뒤에서 세 대의 카메라를 수시로 확인하느라 왔다 갔다 분주히 움직였다. 커피숍 사장님은 에스프레소 기계 뒤에서 생각에 잠긴 얼굴로 세드릭의 이야기를 가만 듣고 있었다. 아주 가끔 커피숍 앞 고가도로로 올라가는 트럭의 윙윙거리는 소리가 조엘과 세드릭의 대화 사이에 부드럽게 끼어들 뿐이었다.

세드릭의 이야기를 들으며 나의 삶을 돌아보다

오늘 촬영은 그 어느 때보다 아주 진지한 분위기로 진행되었다. 세드릭의 인생은 결코 평탄하지만은 않았는데, 지금도 이런저런 어려움이 있는 듯했다. 하지만 그는 미소 짓는다. 그리고 모든 면에서 아주 긍정적이다.

오늘 우리가 인터뷰한 '커피 이야기'는 지나치게 에너지가 넘치다가도 한편으로 눈물이 쏟아질 만큼 감수성이 충만해지는 스토리로, 예민한 다큐 감독과 한국말 좀 하는 웨일스 촌놈이 운영하는 유튜브 채널을 위한 이야기이자, 세드릭의 솔직하고 진솔한 삶을 엿볼 수 있는 좋은 기회이기도 하다. 우리는 그의 스토리를 보태거나 빼지 않은 채 그대로 전해주고 싶었고, 그런 점에서 세드릭은 날것 그대로의 진짜 보석 같은 사람이었다.

세드릭의 이야기를 들으며 나는 내게 주어진 현재의 삶이 크나큰 은총이라고 생각했다. 매일 아침, 10평 남짓한 작은 연남동 주택가에서 일어나 아내의 따뜻한 볼에 뽀뽀하고 나갈 수 있음에, 출근길에 짧은 산책을 할 수 있고, 상상력 넘치고 창의적인 친구들과 이렇게 멋진 일을 할 수 있음에, 이런 삶에 진심으로 감사한 마음이 들었다.

문득 세드릭이 말한 이야기 한 대목이 떠오른다.

"어느 날은 그냥 '나는 도대체 누구지?'라는 생각이 들기도 해요."

세드릭은 문화적으로 재미있고 다양한 경험을 많이 했

지만 또 어떤 면에서는 여러 가지 어려움을 겪기도 했단다. 나 역시 지금 내가 살고 있는 한국 사회에서 어떤 정체성과 소속감을 느끼고 있는지 돌아보게 되었다. 앞으로 어떤 역할을 하면서 주변의 많은 분들에게 도움이 되고 좋은 영향을 미칠 수 있을지 스스로에게 질문했다. 그리고 어떤 나라든 어떤 사회든 세드릭 같은 사람들이 어려움과 차별, 그리고 거절당하는 일이 없도록 우리가 조금 더 관심을 가져줘야 하지 않을까 하는 생각도 들었다.

낯선 타지에서 모르는 것도 많고 말도 잘 안 통하지만, 그런 어려움을 오히려 무언가를 배
울 수 있는 기회와 도전으로 생각하는 멋진 남자 세드릭.

〈영국남자〉
조쉬와의 인연

나는 2011년 9월 영국 소아스런던대학(SOAS University of London)에 입학해 한국학과 언어학을 복수전공으로 공부했다. 9월 27일은 신입생들이 등교하는 첫날이다. 영국 대학 교육 시스템에는 '프레셔스 위크(Freshers Week)'라는 게 있다. 신입생과 교환학생이 먼저 학교에 들어와서 서로 친해지고 학교생활 전반에 대해 설명을 듣는 기간으로, 한국의 오리엔테이션과 비슷하다. 다시 말해 수업을 듣는 날이 아니라 동아리 가입이나 학과장을 만나는 등 1학년 첫 학기를 잘 시작하기 위해 준비하는 중요한 날이다.

오후 2시쯤 수백 명의 학생들이 붐비는 좁은 복도를 간신히 지나 '스튜던츠 유니온(Student's Union. 학생 카페, 바 및 편의점)'에 들어서려고 문을 열었다. 그때 내 앞으로 한 남자가 걸어오고 있었다. 생김새는 완전 영국 신사 같은 느낌이었지만 어딘가 조금 이국적인 분위기가 풍겼고 눈에 띄는 청재킷을 입고 있었다. 아주 잠깐 눈이 마주쳤지만 꽤 강렬하게 기억에 남았다.

학생 카페와 바를 구경한 뒤 날씨가 좋아 밖으로 나왔다. 학교 건물 맞은편에는 잔디 광장이 있었다. 그리고 잔디 한가운데에 특이하게 생긴 무지개 색 텐트가 보였다.

잔디 광장에는 한 무리의 학생이 앉아서 수다를 떨고 있었다. 지나가는 사람들의 말소리 때문인지 그 사람들이 무슨 얘기를 하는지는 잘 들리지 않았다. 그러다 갑자기 그들이 양쪽에 나무 막대가 달린 긴 플래카드를 걸었다. 플래카드엔 '크리스천 유니온'이라고 쓰여 있었다. 잠시 고민하다가 이내 그들이 있는 쪽으로 갔다. 나를 보고 맨 앞에 있는 곱슬머리 여자가 엄청 반가운 눈빛으로 인사를 건넸다.

"하이!"

"안녕하세요! 여기서 크리스천 유니온 동아리 모임 하시는 건가요?"

내가 곱슬머리 여자에게 물었다.

"네! 같이해요!"

여자가 말했다.

그곳에는 15명 정도 되는 학생들이 모여 있었다. 한 명씩 자기소개를 하고 나자 마지막으로 내 차례가 왔다. 사람이 두 명만 있어도 말하는 것을 두려워하는 나였지만 곱슬머리 여자가 아주 친절하게 환영해준 덕에 그나마 많이 떨리지는 않았다.

"안녕하세요…. 웨일스에서 온 단이라고 합니다. 이번에 입학해서 한국학과 언어학을 전공합니다."

"한국학이라고? 혹시 조쉬 만나봤어? 오늘 여기 와야 하는데 입학생들 도와주느라 바빠서 늦게 올 건가봐…"

"조쉬가 누구죠?"

"조쉬는 바로 우리의 한국 남자야!"

"아, 그래요? 그렇군요."

그 이야기를 듣고 나는 조쉬가 '조쉬'라는 이름을 가진 한국 사람이라고 생각했다. 이야기가 다 끝나기도 전에 아까 그 청재킷 남자가 나타났다.

"저기, 조쉬다."

'어? 아, 한국인이 아니었구나!'

나는 조쉬란 사람을 그렇게 처음 만났다.

그동안 우리는 많은 경험을 함께했고, 그 뒤로 7년이라는 시간이 지나서야 영국이 아닌 한국에서 크리스천 유니온의 '한국 남자'가 아닌 '영국 남자' 조쉬와 〈단앤조엘〉 채널을 위한 촬영을 진행했다. 지금은 한국에서 〈영국남자〉 유튜브가 너무나 유명해져서 조쉬와 올리를 모르는 사람이 거의 없을 정도다. 그럼에도 그 형들이 현재 거주하는 나라가 영국인지 한국인지 모르는 사람들이 여전히 많은데, 한국에서 촬영한 영상이 영국에서 촬영한 영상보다 압도적으로 많기 때문이 아닐까 싶다.

조쉬와 올리는 한국에 자주 오긴 하지만 아주 짧은 기간 동안 지내다 가고, 그때마다 촬영 스케줄로 가득 차 있기 때문에 만나려고 해도 쉽지가 않다. 우리 유튜브 채널에서 보는 건 거의 불가능에 가까웠다. 그래서 이번 촬영이 아주 많이, 무척 기대되었다.

우리 채널을 위해 조쉬와 단둘이 촬영하는 것은 이번이 처음이었다. 조쉬는 마치 경험 많은 진행자 같았고 아주 프로페셔널하면서 카리스마가 넘쳤다. 나는 운 좋게도 한국어 실력 덕분에 우리 채널에서 조쉬와 비슷한 역할을 하고 있지만, 카리스마에 있어선 여전히 부족한 게 많다.

나는 조쉬와 함께 다큐 스타일의 유튜브 영상을 찍을

수 있게 되어 너무나 기뻤다. 누군가 나에게 〈영국남자〉와 함께 찍은 많은 영상들 가운데 가장 기억에 남는 게 뭐냐고 묻는다면, 단연 홍대 어딘가에서 찍은 무제한 곱창 먹방 촬영이 아닐까 싶다. 처음에는 날것 그대로 나온 곱창 비주얼을 보고 도저히 못 먹겠다는 생각이 들었지만, 막상 굽고 나니 엄청 군침이 돌았다. 무엇보다 조쉬, 올리처럼 좋은 형들과 영상을 찍을 수 있다는 것을 내가 얼마나 고맙게 생각하는지 방송에서 표현해주고 싶었다.

한국에서 기억에 남는 다양한 경험을 내게 선물해준 것, 그리고 웃기게도 그 첫 시작이 곱창 먹방이었기에 이번 촬영에서도 조쉬에게 곱창을 먹자고 했다. 마침 조엘이 사는 곳 주변 골목길에 괜찮아 보이는 곱창 집이 있어서 내가 먼저 들어가 촬영이 가능한지 물어봤다. 하지만 주방 앞에 서 있는 남자 직원이 나를 보고는 양팔로 엑스 모양을 크게 만들어 보여주며(내가 한국말을 하는 것을 몰라서 그랬을 것이다) 큰 목소리로 "노!"라고 말했다.

촬영은 안 되겠구나 생각하고 자리를 떴다. 조쉬, 가비 그리고 조엘과 함께 길 끝까지 걸어갔다. 하지만 딱히 촬영할 만한 곳이 없었다. 그때, 길 건너 성산동과 가좌동을 분리하는 철도 횡단보도 옆에 몇 개월 전 조엘과 함께 갔던 생고깃집이 보였다.

그곳은 연남동과 달리 소위 힙한 느낌이 전혀 없고 젊은 사람들도 거의 찾지 않는 오래된 식당이었다. 하지만 오래된 곳 특유의 편안함이 있었다. 식당 사장님께 아주 정중하게 촬영이 가능한지를 묻자, 식당 안에는 손님이 꽉 차 있으니 앞쪽 테라스에서 촬영하라고 허락을 해주셨다.

　　우리 테이블 옆으로 돼지껍데기를 드시는 세 분의 아저씨들이 있었다. 그 아저씨들을 보니 조엘과 먹었을 때 아주 맛있었던 기억이 불현듯 스쳤다. 식당 사장님도 우리를 기억하시는지 웃으며 맞아주셨다. 흑백만 아닐 뿐 족히 40년은 되어 보이는 텔레비전에선 대한민국과 스웨덴의 1대1 축구 경기가 한창이었다.

　　조엘이 카메라를 설치하는 동안 조쉬와 나는 테이블을 사이에 두고 마주 보며 자리를 잡았다. 조쉬와의 촬영은 한국어로 진행하기로 했다.

　　때마침 고기가 나오자 조쉬는 망설임 없이 집게와 가위를 들고 고기를 굽기 시작했다. 자연스러운 분위기에서 대화를 주고받는 가운데 불판에서는 고기가 지글지글 구워지면서 고기 기름이 올라오고 있었다.

↑↓
영국에서 조쉬와 나. 조쉬와는 같은 대학을 다니며 친해졌고, 조쉬와 올리가 운영하는 유튜브 〈영국남자〉에 종종 출연하기도 했다.

나는 조쉬에게 어린 시절에 대한 기억과 또 어쩌다 한국 문화에 이렇게 깊이 빠지게 되었는지에 대해 물었다. 특히 한국 문화와 관련된 콘텐츠를 만드는 유튜버가 되었는데, 이렇게 많은 인기를 얻게 된 데 대한 조쉬의 생각이 궁금했다.

조쉬는 차분하게 이야기를 시작했다. 중국에서 자란 어린 시절을 회상하며 그때로 돌아가 이야기를 하는 것만 같은 표정이었다. 부모님을 따라 간 중국에서 한국이란 나라를 알게 된 사연, 한국에 와서 한국어를 공부한 것부터 시작해 대학을 졸업하고 런던에 있는 영어학원에서 일하다가 우연한 기회로 올리와 유튜브를 시작하게 된 계기, 유튜브를 하다 보니 학원을 그만둬도 될 정도로 유튜브가 잘되었다는 이야기, 그리고 밤새 올리와 함께 영상을 편집했던 추억들을 회상하며 조쉬는 이야기를 이어나갔다.

조쉬는 중국에서 국제학교를 다녔는데, 자기 빼고 대부분의 학생이 한국인이라 자연스럽게 한국 문화에 영향을 받게 되었다고 했다. 문득, 어떤 상황에서도 늘 자신감이 넘치는 조쉬가 그 당시 외로움을 느끼지는 않았는지 궁금했다.

"중국 가니까 완전 다른 세상인 거야. 나는 여기에 안 어울린다는 생각을 했어. 첫 몇 개월은 되게 힘들었어. 부모님

한테 엄청 화를 내고. (…) 학교에서는 영어로 얘기했는데 점심 먹을 때는 (한국인) 친구들이 다 한국어만 하는 거야. 그래서 처음에는 나 혼자 먹기도 했어. 친구들이랑 같이 먹으면 하나도 못 알아들으니까. (…) (그때부터) 한국이라는 나라를 배우게 되었지."

남의 문화를 잘 받아들이고 긍정적으로 배우려는 조쉬도 처음엔 많이 힘들고 외로웠지만 친구들과 친해지기 위해 한국 문화를 많이 느끼고 경험하려고 노력했던 것 같다.

"그전까지 나는 아예 다른 세계에 있다는 생각이 들었는데 (한국인) 친구들이 나를 초대해서 같이 놀자고 한 순간부터 나는 진짜 여기가 내 집이라고 생각할 수 있었어."

조쉬의 얘기를 듣고 나니 고향과 멀리 떨어진 타국에서 살아도 시간을 같이 보내고 마음을 나눌 수 있는 사람이 주변에 있다면 충분히 행복하게 살 수도 있을 것 같다. 어딜 가든 그곳이 나의 집이라고 생각할 수 있을 것 같다.

그 밖에도 조쉬가 해준 유튜브를 시작하게 된 계기와 현재 유튜버로서 살아가는 이야기도 아주 신선하고 인상적이었다. 조쉬는 올리와 유튜브를 시작하면서 잘될 거라는 확신은 하지 못했으나 그랬으면 좋겠다는 꿈은 늘 가지고 있었다고 했다. 역시 사람은 간절히 바라는 꿈이 있으면 이를 밀고 나갈 수 있는 힘이 생기는 것 같다.

세계적으로 유명한 유튜버들 중에는 생각보다 나이가 아주 어린 사람들이 많은 게 사실이다. 그러나 조쉬는 자신이 그렇게 어린 나이에 유튜브를 시작하지 않은 게 오히려 다행이라고 했다.

"어릴 때 시작했다면 지금처럼 이름이 알려졌을 때 어떻게 대처해야 할지 몰랐을 거야."

나는 조쉬를 처음 만날 때부터 아주 믿음직스럽고 재능이 많다고 생각했다. 특히 지금은 이렇게 유명해졌는데도 말 그대로 겸손하고 젠틀하다는 점이 참으로 인상적이다. 또 한국 연예인들과 친해지고 방송에도 자주 나가다 보면 연예계로 나가고 싶다는 생각을 할 수도 있는데, 조쉬는 주변의 친구나 가족들과 많은 시간을 함께 보내는 걸 더 우선시했다. 어느 분야, 어느 직업에서든 그런 마음을 가지고 살아간다는 것은 매우 중요한 일인데, 조쉬 덕분에 그 의미에 대해 다시 한 번 생각하게 되었다.

가장 중요한 것은 내 주변, 내 사람들

그날 우리가 함께했던 순간, 화로에 끓고 있는 김치찌개는 뜨겁고 매콤했다. 같이 시킨 밥은 따뜻하고 달기까지 했다. 야외라 살짝 덥긴 했지만 살살 불어오는 바람 덕분에 시원했다. 이

따금 철로에 기차가 지나갈 때마다 들려오는 종소리마저 참으로 정겨웠다. 식당 안에서는 하루 일을 끝내고 묵은 피로와 회포를 푸는 사람들의 웃음소리가 끊이지 않았고 소주잔들이 연거푸 부딪치는 소리로 가득했다. 그중엔 우리의 것도 있었다.

조쉬와 함께한 이번 촬영은 하나의 콘텐츠로서 우리 유튜브에 업로드되는 것은 물론이고, 나아가 조쉬의 인생 스토리가 진솔하게 담긴 한 편의 다큐멘터리이기도 하다. 조쉬는 여러 방면에서 매력적이고 좋은 사람이다. 그중에서도 가장 와닿는 것은 그가 참 겸손하다는 점이다. 조쉬는 이번 촬영에서 여러 차례에 걸쳐 같이 일하는 사람들과 가족들이 얼마나 고맙고 감사한지를 이야기했다. 그 말을 듣는 내내 나는 조쉬와 함께 촬영할 수 있다는 것에 감사했고, 또 조쉬가 고맙게 생각하는 사람들 중에 내가 있다는 사실이 너무 고마웠다.

드디어 촬영이 마무리되고, 촬영 내내 옆에서 묵묵히 지켜봐주던 조쉬의 아내 가비까지 합류해서 껍데기와 삼겹살 2인분을 더 시켜 먹었다.

조쉬는 마음이 정말 따뜻한 사람이다, 진짜로.

숯가마에서 타 죽지 않아
다행이다_
장인어른과의 만남

나는 2014년 3월에 지금의 아내, 현지를 처음 만났다. 한국에서 1년간의 교환학생을 끝내고 2013년 8월 런던으로 돌아온 지 얼마 되지 않았을 때다. 여느 날과 다름없이 길을 걷다가 굵은 웨이브의 파란 머리에 선글라스를 끼고 있는 여자를 만났다. 현지였다. 당시 나는 SNS에 길거리 사진을 찍어 올리는 페이지를 운영하고 있었고, 그날 현지의 사진을 찍었다. 그리고 몇 개월 뒤에 현지는 나의 여자 친구가 되었다.

　　2017년 여름, 현지의 부모님이 영국에 오셨다. 그때가 현지의 부모님을 처음 뵙는 자리였다. 특히 아버님의 첫인상이 무척 좋았는데, 처음에는 딸의 외국인 남자 친구인 나를 약간 어색해 하셨다. 현지와 나는 부모님이 런던에 오시면 함께 먹을 음식에 대해 몇 날 며칠을 고민한 끝에 나름 아시아 음식에 가까운 베트남 쌀국수 집으로 부모님을 모시고 갔다. 하지만 부모님은 고수를 무척 싫어하셨고 런던 특유의 향신료 냄새를 견디지 못하셨다.

　아버님은 키는 작지만 아주 다부진 체격을 가지셨다. 손을 보고 있으면 평생 양복 만드는 일을 하셨던 분답게 손으로 하는 일은 뭐든 잘하실 것만 같다. 배가 살짝 불룩하고 한국 사람치고 피부가 까만 편이시다. 걸음은 다소 느린 편이지만 어머님의 재촉에는 조금 빨라지기도 하신다. 어깨는 곧고, 미간 사이에는 깊은 주름이 있다. 그리고 아주 조용하지만 진솔한 부산 사나이시다. 이 정도 묘사로만 보면 아버님이 어려운 사람 같기도 하지만 실제로 만나보면 전혀 그렇지 않다. 아버지는 처음 본 날부터 나의 아버지가 되어주셨다.

여자 친구 아버지와 한국식 숯가마에 가다

첫 만남 이후 1년쯤 뒤인 2018년 9월 말 현지와 함께 처음으로 울산에 갔다. 그때 아버지를 다시 만났다. 한국에 온 지 3개월이 지나는 시점이었고, 그 3개월은 롤러코스터처럼 바쁜 나날이었다. 강변역에 있는 동서울터미널에서 알렉스, 조엘 그리고 현지와 버스를 타고 5시간 가까이 달려 울산에 도착했다. 울산에 도착하자마자 아버지와 2편의 촬영을 끝내고 한참 동안을 잠만 잤다.

다음 날 아침, 전날 하루 종일 추운 날씨에 야외 촬영을 한 탓인지 아침부터 조엘과 알렉스 그리고 나는 감기가 심하게 걸렸고 얼굴도 심하게 부어 있었다. 그래서 할까 말까 하던 촬영을 포기하고 그냥 쉬기로 했는데, 어머님이 감기를 떨쳐내는 데는 사우나보다는 숯가마가 좋다고 제안해주셨다. 그러자 아버지가 언양에 가면 된다고 말씀하셨다.

"언양이 뭐예요?"

아버지에게 내가 물었다.

"언양? 울산 옆에 언양이라꼬… 동네 이름이다."

"아, 그렇군요. 거기에 갈 만한 사우나가 있어요?"

"사우나? 사우나 아닌데….”

"아, 찜질방이에요?"

"찜질방 아이고, 숯가마레이!"

숯가마에서 촬영을 하면 재미있겠다는 생각이 들어 촬영이 가능한지 여부를 확인하려다가, 다들 컨디션이 좋지 않고 해서 촬영은 해도 그만 안 해도 그만이라는 생각으로 친구를 만나러 나간 현지를 빼고 다 같이 울산 옆 동네인 언양에 위치한 숯가마로 향했다.

아버님이 운전대를 잡으셨고 어머님은 조수석, 나와 조엘 그리고 알렉스는 뒤에 나란히 앉았다. 꼬불꼬불한 길을 오르내리면서 한참을 달렸다. 안 그래도 속이 안 좋았는데 좁고 꼬불꼬불한 시골길을 한참을 달리다 보니 속이 더 안 좋아서 가는 동안 거의 한마디도 하지 못했다.

거의 도착할 때 즈음 아버님이 말씀하셨다.

"여가 맞는 것 같네. 단, 여기가 숯가마레이."

나는 차 안에서 창문 너머로 주위를 한번 살펴보았다. 오픈되어 있는 농장같이 생긴 이상한 공간에 들어와서 서행하는 중이었는데, 오른쪽으로 벽과 지붕이 꼭 골판지같이 생긴 철 팔레트로 둘러싸인 긴 건물이 보였다. 딱 농장 창고처럼 생겼다. 어머님이 먼저 차에서 내려 촬영이 가능한지 확인하고 오겠다고 말씀하시며 들어가셨다. 20초도 안 돼서 어머니는 촬영 승낙을 받아 오셨다.

건물 안으로 들어가 일단 찜질복으로 갈아입었다. 건물 한쪽에 쭉 나란히 있는 동굴같이 생긴 방들이 숯가마였고, 우리는 하나씩 차례대로 들어가보기로 했다. 처음 들어간 방에는 가족으로 보이는 어르신 5명이 입구 바로 앞에서 화로에 고구마를 굽고 있는 아저씨를 구경하고 있었다. 여기저기 방을 거쳐 마지막으로 가장 뜨거운 방에 들어갔다. 평소 찜질방을 사랑하고 뜨거움을 잘 참는 어머님까지도 너무 뜨겁다면서 우리에게 빨리 나가라고 했다. 그 옆에서 카메라를 들고 열심히 어머니를 찍던 알렉스는 놀란 표정으로 눈물을 흘리고 있었다.

그리고 드디어 때가 되었다. 사실 이번에 울산에 오게 된 것은 촬영보다도 더 중요한 일 때문이었다. 올해 현지와 결혼을 할지 아니면 헤어질지를 결정하기로 했는데, 한국도 마찬가지겠지만 영국 문화에서 연애하던 커플이 결혼을 하기 위해서는 남자가 여자 친구의 아버지께 으레 먼저 허락을 받아야 한다. 나는 아버지께 현지와의 결혼을 허락받기 위해 울산에 온 것이다.

"아버님, 저를 어떻게 생각하세요…?"

아버지와 나는 나란히 한 평상에 앉았다. 이번에는 카메라 두 대로 촬영했다. 우리가 앉아 있는 방향은 카메라를 바라보는 쪽이긴 했지만, 아버지와 나는 카메라를 보지 않고 서로를 바라보았다. 카메라는 생각보다 멀리 세워져 있었기 때문에 카메라와 연결된 장비가 있어야 우리 이야기를 들을 수가 있었다. 따라서 조엘, 알렉스 그리고 어머니도 우리가 나누는 이야기를 듣기 어려웠다.

녹화는 아직 시작 전이었지만 아버지와 이런저런 이야기를 나눴다. 나는 아버지를 사랑한다, 진짜로. 그러나 이 상황은 나에게 완벽히 새로운 자리다. 마음의 준비가 제대로 안 된 것 같다는 생각이 들었지만, 이런 상황에서 마음의 준비를 할 수 있는 사람이 있기는 할까 싶었다.

'아버지는 마음의 준비가 되셨으려나?'

우선 쉬운 주제인 숯가마에 대한 이야기로 시작해본다. 겉으로는 무뚝뚝해 보이는 경상도 남자인 아버지는 마음이 엄청 스윗하고 순수하시다. 소박하다기보다는 뭔가 어린아이 같다. 아버지 본인의 인생이나 감정에 대해 얘기해달라고 하면 바로 어색해하면서 몸이 굳어지시는데, 어떤 장소나 사람, 음식, 물건, 방법에 대해 물어보면 순식간에 마음을 여신다. 대화할 때 상대방에게 가치 있고 도움이 될 만한 주제를 잡고 이야기하는 걸 즐기시지만, 자신에 대한 주제는 되도록 피하고 싶어 하신다. 아버지의 대답을 통해 지금 아버지에게 어떤 것들이 소중한지가 비로소 또렷이 보이는 것 같다. 지금 여기, 언양 숯가마도 그런 소중한 것들 중 하나라고 할 수 있다.

인터뷰 중에도 많은 사람들이 느린 걸음으로 숯가마에 들어갔다 나왔다를 수없이 반복했다. 사람들이 문을 열 때마다 뜨거운 바람이 확 몰려왔다 다시금 잠잠해지고는 했다.

↑↓
장인, 장모와 함께 처음 가본 숯가마. 아래 사진 오른쪽에 앉아 계신 분이 우리 장인어른이다.
나는 이날 장인어른께 결혼 허락을 받아야 해서 무척 떨렸다.

그 덕분에 아버지와 앉아 있는 이곳의 실내 온도가 너무나 완벽했다. 대화를 하는 내내 반투명 유리창을 통해 들어오는 햇살은 따뜻했다.

　주위가 어수선하긴 했지만, 드디어 때가 왔다. 나는 아버지에게 현지에 대해 묻기 시작했다. 아니, 현지에 대해 묻는 것이 아니라 내가 왜 지금 이 자리에서 아버지와 둘이 대화를 나누고 있는지를 설명드렸다. 그리고 아버지는 딱 아버지답게 답하셨다.

　"어머님은 저에 대해 어느 정도 긍정적이고 좋게 생각하시는 것 같아요. 혹시 아버님은 저를 어떻게 생각하시는지 여쭤봐도 될까요?"

　"나?"

　"네…."

　"나도 뭐 니가 사람 반듯하고, 뭐 우리나라 말도 잘하다 보니까…."

　"저… 그래서 현지랑 결혼하고 싶은 마음으로 오늘 아버지께 여쭤보려고…."

　"그래…?"

　"…."

　"사실 나는 그때 애 엄마랑 영국 갔다 온 자체가 영국에 있는 네 부모님도 만나보고 나중에 할 결혼에 대해서도 얘기하려고… 뭐 그런 의미였어. 나는 현지가 영국에 유학을 갔다가 자기가 외국인 남자 만난다고 했을 때 내가 '뭐라카노! 이기 정신이 있나, 없나' 그랬어. 근데 영국 가서 단 직접 만나보고 사람이 반듯하고 하니까…. 그리고 우리가 현지 인생 대신 살아줄 수는 없으니까. 지 인생은 지가 알아서 살고 결정도 자기 뜻대로 해야 하는 거지…."

"아, 다행이네요."

"누가?"

비록 어떻게 끝을 맺어야 할지 모를 만큼 힘든 대화였지만, 그래서 더 의미가 컸던 것 같다.

나는 그렇게 해서 현지와 결혼하게 되었다. 현지와 3년을 사귀는 동안 우리 관계의 종착지가 '결혼' 아니면 '헤어짐'이라는 걸 잘 알고 있었지만, 마음의 준비가 안 되어서 그런지 그 중대한 결정을 계속 피하려고 했던 것 같다. 그때 울산에 가서 아버님과 촬영도 하고 '그 얘기'를 할 수 있었던 게 어떻게 보면 무척 의미 있는 시간이었던 것 같다.

결혼을 허락해주신 아버지, 우리의 결혼식, 신혼 생활, 그리고 아누를 낳은 것까지. 아버지는 이 모든 일이 자신에게도 아주 큰 의미라고 말씀하셨다.

아버님, 진짜 사랑합니다, 진짜로!

대한민국, 여성,
타투이스트, 기유빈

2018년 10월

2018년 6월, 당시 우리는 경기콘텐츠진흥원에서 주최한 경기도 1인 크리에이터 프로그램에 최종 합격하면서 1천만 원의 영상 제작지원금을 받게 되었다. 그 돈으로 우리는 기존의 영상 스타일에서 벗어나, (우리가 출연하지 않고) 한국의 여러 서브 컬처에서 활동하고 있는 사람들의 이야기를 중심으로 몇 편의 다큐멘터리를 만들어볼 생각이었다.

우리는 〈단앤조엘〉 유튜브 채널을 운영하면서 우리만의 차별성을 만들기 위해 이런저런 다양한 시도들을 해왔는데, 우리보다는 다른 사람들의 스토리가 담긴 영상을 많이 만들면서 확실하게 알게 된 사실이 있다. 그것은 누구나가 자기만의 소중하고 귀한 스토리가 있다는 사실이다. 특히 언젠가부터 유튜브 혹은 텔레비전 방송으로 이미 널리 알려져 있는 사람보다는 사회에서 드러내지 않고 열심히 활동하거나 남들 눈에 잘 안 띄는 사람들의 스토리를 영상으로 담아 보고 싶다는 마음이 생겨났다. 그래서 서브 컬처에 관한 콘텐츠를 꼭 시도해보고 싶었다.

어느 월요일 아침, 여느 때와 같이 조엘과 10시쯤 큐어 커피숍에서 만나 커피를 한잔 마셨다. 그러다 무슨 일이었는지 기억은 잘 나지 않지만 갑자기 조엘이 노트북을 꺼내 급하게 어떤 작업을 시작했다. 나는 밖으로 나가 휴대폰을 보며 시간을 보내고 있었는데, 그때 SNS 메시지로 촬영 협업에 대한 문의가 왔다.

안녕하세요! 방송국에서 일하는 사람인데 개인적으로 〈단앤조엘〉 팬으로서 요즘 채널 영상들 열심히 구독하고 있습니다. 다름이 아니라 저희와 스타일이 맞지 않을까 생각하는데, 혹시 〈단앤조엘〉이 우리 방송과 서브 컬처에 대한 다큐를 협업하는 것에 관심이 있는지… 이렇게 문의드립니다. 시간 되실 때 답변 부탁드리겠습니다.

너무 좋은 제안에 곧바로 그분에게 전화를 걸었다. 그녀는 밝은 목소리로 우리 영상 내용과 스타일에 대해 긍정적으로 생각한다며 칭찬해주었다. 곧 미팅 일정을 잡고 자세한 이야기를 나누자면서, 마지막으로 샘플 콘텐츠로 두 편의 다큐를 만들어주기로 약속했다. 완성된 최종본의 영상을 보내주면 그 영상을 방송국 채널에 올릴 예정이라고도 했다.

두렵고 무섭게만 느껴지던 타투, 한국에서는 어떨까?

내가 영국에서 살았을 당시에는 길거리에 다소 자극적인 이미지의 타투 스튜디오가 많았는데, 호기심에 타투를 한번 받고 싶다는 생각이 들다가도 그런 스튜디오 앞에 서면 선뜻 들어갈 용기가 나지 않았다. 그 당시 나는 타투가 하나도 없었고 조엘은 몇 년 전 여행하다가 십자가 타투 하나를 받은 게 전부였다.

그러다가 최근에 한국 타투 서브 컬처에 대해 알아보다가 우연히 인스타그램에서 자극적인 이미지가 아닌 아주 밝은 분위기의 여성 타투 아티스트 기유빈 님을 찾았다. 곧바로 촬영 섭외 연락을 했고, 그걸 계기로 그녀가 운영하는 연남동 스튜디오에서 그 공간을 공용으로 사용하고 있는 몇 명의 타투 아티스트를 중심으로 다큐 촬영을 하기로 했다.

촬영 당일 날 아침 일찍 택시를 타고 압구정에 있는 렌탈 스튜디오에서 몇 가지 장비를 빌리고 난 뒤에 연남동 커피숍에서 촬영에 대해 이야기를 나누기로 했다. 하지만 무슨 이유인지 알렉스는 좀 답답하고 짜증난 기색이 역력했다. 아마도 한 시간 뒤에 시작하기로 한 촬영에 대해 각자의 역할과 진행 순서에 대해 원활하게 이야기가 이루어지지 않는 것이 답답한 눈치였다. 조엘은 그런 면에서 상대적으로 털털한 성격이라면 알렉스는 촬영 전에 무조건 꼼꼼하게 논의하고 계획해야 직성이 풀리는 스타일이다. 나는 그 둘의 중간쯤이다!

이전에 한 번 잠깐 방문한 적이 있는 타투 스튜디오에 도착했다. 4층에 위치해 있는 이곳은, 엄청 밝고 깨끗했으며, 전혀 어둡지 않은 분위기에 심지어 야외에 조그마한 테라스까지 갖춘 스튜디오였다.

유빈 님이 스튜디오를 함께 사용하고 있는 다른 아티스트이자 친구에게 양쪽 어깨에 천사 도안의 문신을 해주기로 했고, 또 다른 타투 아티스트가 자신의 친구이자 고객에게 팔에 난 흉터를 가리는(일명 커버 업) 장미꽃 타투를 하기로 해서 그 과정을 찍기로 했다. 그사이 타투 아티스트 분들과 간단한 인터뷰를 하고 마지막으로 기유빈 님과 조금 더 긴 인터뷰 촬영을 할 예정이었다.

유빈 님의 타투 베드 앞에서 스튜디오 전체가 나오게끔 인터뷰 촬영을 시작했다. 유빈 님과 일대일로 이야기를 하면서 몇 가지 인상적이고 기억에 남는 포인트가 있었는데, 바로 그녀의 부드럽고 정겨운 목소리, 그리고 상대방을 똑바로 바라보며 이야기하는 자세였다. 그녀의 어깨는 곧고 눈빛은 진지했다.

스튜디오에서 함께 일하는 아티스트들 가운데 유빈 님이 가장 나이가 많고 활발히 활동하는 선배였음에도 동료들에게 인사할 때나, 타투에 대한 기술적인 이야기를 할 때나 늘 겸손하고 예의 바른 말투와 태도로 대했다. 그리고 인터뷰 질문에 대한 대답도 신중하게 고려해서 말을 아껴 쓴다는 인상을 받았다. 그 덕분에 그녀가 하는 말의 의미가 좀 더 확실하게 전해지는 느낌이었다.

"과거의 결정들에서 제 생각은 너무 적었던 거죠"

이번 인터뷰는 타투라는 서브 컬처를 대표하는 아티스트로서 유빈 님이 타투를 바라보는 시선과 생각이 그 중심이었지만, 더 나아가 한 사람의 깊이 있는 인생을 함께 엿볼 수 있는 소중한 시간이었다. 그녀의 진솔한 이야기를 들음으로써 한 사람의 삶의 이야기가 얼마나 특별하고 남다른지에 대해 다

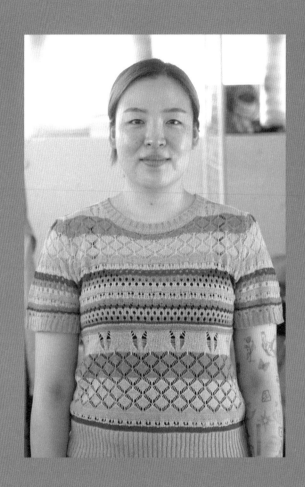

타투이스트 기유빈 님.
그녀와의 대화를 통해 나는 타투에 대한 편견을 깰 수 있었다. 그리고 자기
인생에 있어서 작은 결정이든 큰 결정이든 스스로 선택하는 것이 중요하다
는 것을 깨달았다.

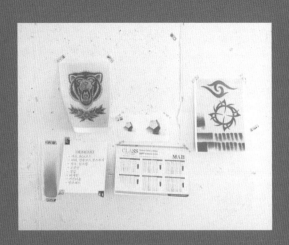

유빈 님의 타투 스튜디오. 내가 생각했던 것과는
달리 밝고 쾌적한 분위기였다.

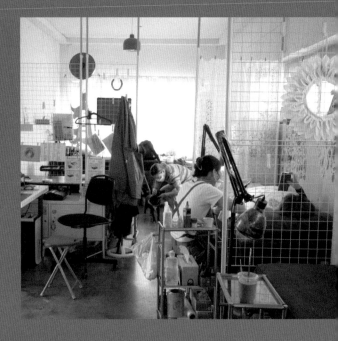

시 한 번 깨닫게 되었다. 그래서 미리 준비해간 인터뷰의 대본보다는 그냥 머릿속에서 생각나는 대로 자연스럽게 질문을 이어갔다.

실제로 인터뷰를 하는 1시간 30분 동안 그 공간에 나와 유빈 님밖에 없다는 느낌이 들 정도로 유빈 님과 깊게 소통할 수 있었다. 스튜디오 맨 뒤쪽 구석에는 2명의 막내 아티스트들이 유빈 님의 이야기를 조용히 듣고 있었다. 처음 서 보는 카메라 앞에서 긴장했을 선배에게는 분명 큰 힘이 되었을 것이다. 때로는 들어주는 것만으로도 큰 격려와 힘이 될 수 있으니까 말이다.

유빈 님은 타투 아티스트라는 직업을 갖기 전에는 뚜렷한 목적이나 목표의식 없이 그저 남들이 살아가는 것과 크게 다르지 않는 삶을 살았다고 했다. 사회가 요구하는 방향대로 생각 없이 살아가다 보면 자기 인생도 사회가 요구하는 것을 고스란히 반영하게 된다는 말이었다. 그때는 자기 인생에 큰 결정이든 작은 결정이든 자기 정체성을 크게 고려하지 않고 그냥 사회가 원하는 대로 따랐다고 했다. 예를 들어, 무작정 공부를 잘하는 사람들은 의사가 되고 판사가 되고 하는 것과 같은 맥락이다. 그러다 문득 더 이상 그렇게 살아가면 안 되겠다는 생각이 들어 자기가 좋아하고 미쳐서 해보고 싶은 걸 해보기로 했단다. 그리고 그것이 바로 타투였다.

나는 유빈 님의 이야기를 듣다가 문득 이런 생각이 들었다. 그녀처럼 예술적인 것에 관심이 많은 아티스트들이 무엇이든 끊임없이 탐구하고 지켜내며 잘 살아갔으면 좋겠다는 생각. 그리고 그런 사람들에게는 사회에서 들이대는 잣대로 성공이나 명예, 돈, 권력이 아니라 스스로가 지켜내고 싶은 소신을 지키며 그저 생계 걱정 없이 살아가도 성공한 삶이라 말할 수 있는 용기가 받아들여지는 사회라면 좋겠다는 생각을 해봤다. 그런 점에서라면 유빈 님도 성공한 사람이 아닐까 싶다.

특히 인터뷰 마지막에 유빈 님이 한 말은 아주 인상 깊게 오래 남았다.

"과거에 판단한 수많은 결정들에서 제 생각은 굉장히 적었던 거죠. 예전과 다른 점이라면 지금은 제 결정이 백 퍼센트거든요. 그래서 삶의 만족도가 굉장히 큰 것 같아요. 이제는 자신감도 어느 정도 찾은 것 같고요."

이런 말을 하는 것이 조금은 조심스럽지만, 내가 본 한국의 젊은 사람들 중 몇몇은 자기 삶에 대해 만족과 희망이 없으며, 심지어 자기 자신을 싫어하는 사람도 적지 않았다. 그런 의미에서 나와 조엘이 유튜브 영상을 만드는 가장 큰 목적도 그런 사람들에게 조금이라도, 아주 조금이라도 한국에서 충분히 재미있게, 희망차게 살 수 있다는 것을 보여주고 싶었다.

우리가 외국인으로서 우리만의 소망을 애기하면 그다지 효과가 없지 않을까 우려했는데, 유빈 님 스토리를 함께 담아 영상으로 보여줌으로써 구독자 분들에게 아주 작은 변화의 물결이라도 일어나기를 바라본다. 아주 작은 것이라도 상관없다. 항상 모두의 의견에 맞춰 '아아(아이스 아메리카노)'만 마시다가 "저는 오늘 아이스 라떼 마실게요!"라고 말할 수 있는 정도의 용기면 충분하다.

러시아에서 온 언어 천재 바실리와의 촬영

2018년 6월

오늘은 내가 아는 사람들 중 어쩌면 가장 독특하다고 할 수 있는 사람에 대해 이야기해보려고 한다. 다시 한 번 말하자면 나는 영국 소아스런던대학에서 한국학을 전공했고, 2012년 여름부터 1년간 고려대학교에서 교환학생으로 공부했다.

한국에서 지내는 기간 동안 개인적으로 힘들고 괴로운 일들이 많았다. 사실 어찌 보면 한국에 온 이유라고 할 수 있는 당시의 여자 친구와 한국에 온 지 6개월 만에 이별하게 되면서 나는 아는 사람도 친구도 하나 없는 외로운 생활을 보내야 했다. 당시 한국 생활에 많이 힘들고 지쳐 있었기에 학교에도 잘 나가지 않았고, 그 때문에 친구를 사귀기가 더 힘들었다.

그러다가 교환학생 기간이 거의 끝나가던 무렵, 교회 형을 통해 영어 과외를 받고 싶다는 학생을 소개받았다. 어차피 학교 수업도 거의 없고 같이 놀 친구도 없었기에 안암동에서 여의도를 오가며 영어 과외 수업을 시작했다. 학생과는 자주 만나다 보니 자연스럽게 가까워졌는데, 하루는 학생이 여의도 말고 내가 다니는 학교가 있는 안암동에서 수업하면 어떻겠냐고 제안했다. 나는 흔쾌히 수락했다.

안암동에서 수업하기로 한 날, 하필 고려대 학생들의 시험 기간이라 근처의 모든 카페가 시험공부를 하는 학생으로 가득 차서 우리가 갈 수 있는 커피숍이 하나도 없었다. 마지막으로 들어간 카페에도 자리가 없는 것 같아 포기하려는 순간, 어디선가 익숙한 영국식 영어가 들렸다.

"There's Space Here If You Want It!"(여기에 자리가 있는 것 같은데?)

우리에게 말을 건넨 사람은 나의 힘든 한국 생활을 함께 공유하고 거의 맨날 나를 만나준 절친 피터 형이었다. 그리고 피터 형을 통해 바실리 형을 알게 되었다.

바실리는 러시아 사람이고, 내 기억이 맞다면 그때 그는 한국에 온 지 4년째 되는 시점이었다. 그해 여름 내내 나는 피터 형과 형의 룸메이트였던 크리스 형과 함께 한국 바비큐와 술을 마시며 자주 시간을 보냈다. 하지만 바실리는 썰렁한 농담을 하거나 술 마시는 걸 즐기는 사람이 전혀 아니었기에 바실리와 만날 때면 우리는 늘 커피숍으로 향하곤 했다.

한눈에 보자마자 알 수 있는 특이함, 오래 보고 오래 이야기할수록 더 특이하고 독특한 사람, 그것이 바실리를 정의할 수 있는 적절한 표현이다. 바실리 역시 나와 마찬가지로 한국 생활에 여러 가지 어려움을 겪고 있었고, 내 자취방에 가끔 놀러 와서 자고 가기도 했다.

하루는 어김없이 시험 공부하는 학생들로 가득 찬 카페에서 새로 과외를 시작하는 학생과 만나 영어 문법 수업을 막 시작하려는데 바실리가 커피숍으로 들어왔다. 그는 아주 태연한 표정으로 저벅저벅 걸어오며 북한 뉴스에 나오는 아나운서 흉내를 냈다. 당시 그 커피숍에 있던 직원들과 공부하던 학생들, 그리고 나에게 과외 수업을 받던 학생은 놀란 표정으로 바실리를 쳐다봤고, 바실리는 전혀 미동도 하지 않고 말을 이어갔다.

"위대한 '댄' 동무 그간 안녕하셨습네까? 이런 좋은 날에 흑차 상점에서 우연히 뵙게 되어 저는 아주 영광스럽게 생각합네다."

나는 아주 당황했고 당연히 아무 대답도 하지 못했다.

또 하나의 일화로는 내가 교환학생 과정을 마치고 한국을 떠나기 전 6개월간 자취방에서 키운 두 마리의 햄스터를 바실리가 맡아 키워주기로 해서 그의 집으로 보내는 날이었다. 서운한 나의 마음을 읽었는지 바실리는 박스로 햄스터들을 옮기며 살짝 눈물짓더니 유창한 중국어로 아주 감동적인 중국 노래를 불러주었다.

그 후 우리는 자연스레 연락이 끊겼고, 거의 5년 만에 나는 유튜브 촬영 섭외차 바실리에게 연락을 했다.

"그래, 너희랑 촬영하는 거 좋으니까 언제 하고 싶은지 알려주면 내가 스케줄 맞출게."

바실리는 5년의 공백이 무색하게 여전히 친절했다.

나와 바실리의 특별한 장소, 안암동 커피숍

보통 '커피 이야기' 같은 인터뷰 형식의 촬영을 진행할 땐 그 사람에게 특별한 의미가 있는 장소에서 촬영하곤 한다. 그래서 바실리 형과 함께하는 '커피 이야기' 촬영은 지금도 그가 살고 있는 곳이자 한때는 내가 살았던 곳이고, 그때 우리가 자주 만났던 안암동의 커피숍으로 정했다.

사실 그 카페는 우리에게 커피 마시며 이야기를 나누던 공간 그 이상이었다. 한국에서 아는 사람 하나 없이 외롭고 힘들게 지내던 시절, 스트레스를 풀기 위해 언제 낼지도 모르는 책의 원고를 끄적이던 나만의 힐링 공간이기도 했다. 말도 안 통하고 아는 사람도 없는 외로운 시절이었지만 피터 형, 크리스 형 그리고 바실리 형 덕분에 우리는 서로 우정을 나누고 유머를 나눌 수 있었다.

조엘과 나는 1년 전부터 우리만의 유튜브 연출 스타일을 정해서 촬영해왔는데, 다른 유튜브와 달리 출연자인 나와 조엘이 카메라를 바라보지 않고 서로를 바라보는 방식이었다. 그 때문에 두 대의 카메라를 양쪽 삼각대에 세워놓고 그 사이에 알렉스가 모노팟을 써서 움직이면서 동시에 촬영해야 했다.

'커피 이야기' 시리즈나 '디너 이야기(저녁을 먹으며 하는 인터뷰)' 시리즈를 할 때는 나와 조엘 중 한 명만 출연하기 때문에 우리와 유튜브 작업을 함께하는 알렉스가 촬영을 도와주지 못해도 괜찮다. 하지만 이번 촬영은 카메라 한 대만으로 진행할 수 있는 간단한 브이로그 같은 스타일이 아니었기에 알렉스의 도움이 꼭 필요했다.

오늘처럼 손님이 많은 커피숍에서 촬영을 진행해야 할 경우에는 야외가 더 편할 수도 있다. 카페 손님들에게 방해가 되지 않고 더 여유롭게 진행할 수 있기 때문이다. 마침 바실리 형의 인터뷰를 진행한 커피숍의 야외 테라스는 촬영 배경이 엄청 아름답진 않았지만 빛도 좋고 조용해서 느낌이 나쁘지 않았다.

누구보다 겸손하고 따뜻한 나의 형, 바실리

한국어로 인터뷰를 시작했다. 바실리의 목소리는 독특하고 부드러웠다. 유창한 한국어가 듣기 좋았고, 외모도 비범해 보이는데 말을 하니 더욱 천재 같다는 느낌이 들었다.

바실리와 인터뷰하면서 참 인상 깊었던 부분이 있다. 그는 오랜 기간 다양한 경험을 통해 얻은 전문 지식이 있으며 그것에 대해 해줄 이야기도 많고 관심도 많지만, 혼자 이야기하며 가르치기보다는 사람들과 열정적으로 얘기를 나누면서 그 주제에 대해 새로운 지식을 얻는 것에 더 관심이 많다는 점이다. 한국어, 일본어, 중국어, 영어 그리고 자신의 모국어인 러시아어까지 5개 언어를 유창하게 잘 구사하는 데다 관련 주제에 대해 지식이 부족한 상대방의 이야기를 끝까지 잘 들어주는 배려심도 남다르다. 다시 한 번 겸손이라는 단어에 대해 생각해보게 된다.

이런 인터뷰 형식의 촬영을 원활하게 진행할 수 있는 이유는 나와 조엘의 역할이 분명하게 나누어져 있기 때문이라는 이야기를 해두고 싶다. 조엘은 대학에서 영상과 영화를 전공하고 다큐멘터리 제작과 연출 분야에서 10년 넘는 경력을 가진 덕분에 카메라 세팅을 완벽하게 해놓고 감독과 카메라맨의 역할을 담당하며 촬영을 진행한다. 그러면 언어학과 한국학을 전공한 내가 진행자 겸 내레이터(해설자) 및 인터뷰어로서 우리 채널 구독자들로 하여금 흥미를 유발할 만한 스토리가 자연스럽게 나오게끔 대화를 유도하고 정리만 하면 된다. 그런 과정에서 바실리 형은 주인공으로서 이야기를 열심히 들어주는 나에게 그대로 전달하기만 하면 되는 것이다.

바실리 형이 해준 이야기들 중에 몇 가지 기억에 남는 말이 있다.

"저는 어렸을 때부터 동아시아 문화에 관심을 가졌어요. 아마 5, 6살 때부터였던 것 같아요."

어렸을 때라 해도 그렇게 어린 나이부터 다른 나라 문화에 관심을 가질 수 있다니, 그건 바실리 형이니까 가능하다는 생각이 들었다. 내가 아는 바실리 형은 무슨 주제든 관심만 생기면 아주 깊고 끈질기게 탐구하는 성격이다.

그리고 대부분의 게스트들은 우리 채널 구독자와 시청자들이 한국 사람인 것을 알고 한국이라는 나라가 다른 나라보다 왜 자신에게 유독 특별하고 의미 있는지에 대해 강조하곤 하는데, 바실리 형은 솔직하고 객관적으로 이야기해주어서 오히려 훨씬 흥미로웠다.

"한국 역사를 보면 중국과 관련이 있는 점이 많더라고요. 아시아에 대해 언어적·문화적으로 제대로 공부하고 싶은 마음이 있어서 그렇게 하기로 했죠. 앞으로는 이 세 나라(한국·중국·일본)에 대한 포괄적인 연구를 하고 논문도 쓰고 싶어요. 그러려면 세 가지 언어도 공부해야 하죠."

바실리 형은 석사만 마치면 바로 중국이나 일본으로 가고 싶다고 말했다. 한국의 역사, 문화, 정치 그리고 언어에 대해 남다른 지식을 갖고 있지만 더 큰 꿈을 위해 지금의 자리에서 멈추고 싶지 않다고 했다. 아울러 학문적으로 지식을 많이 쌓으면 한국 문화와 언어에 대해 알 수 있을지는 몰라도 그 문화를 깊숙하게 이해하려면 그 주변 나라들의 역사도 함께 살펴봐야 한다는 이야기가 아주 인상적이었다. 다시 말해 각 나라들은 혼자 성장해온 것이 아니라 세계화라는 개념이 나타나기 훨씬 이전부터 서로 이어져 있었으며, '허밋 킹덤(Hermit Kingdom. 은자의 왕국. 중국 외에는 문호를 닫았던 1637~1876의 조선)이라 불린 한국 역시 오래전부터 아시아의 여러 나라와 연결되어 있었다고 한다.

바실리 형을 만날 때마다 내가 지금 하고 있는 일이나 그 밖의 것들에 대해 더 크고 깊은 꿈을 꾸준히 꾸고 있는지 한 번 더 생각하게 만들지만 아직까지는 이렇다 할 대답을 찾지 못한 게 사실이다. 하지만 바실리 형과 촬영하면서 그의 흥미로운 스토리를 듣다 보니 확실히 기운을 얻게 된 것 같다.

복수전공으로 언어학을 공부한 나에게는 바실리 형이 5개 국어를 구사하는 것은 물론이고 언어학적인 시각과 이해력, 그리고 해박한 지식까지 두루 갖추고 있다는 사실이 정말 대단해 보였다.

"사실 표준어도 추상적인 개념이죠. 모든 학교와 한국어 학원 국어 수업에서 표준어를 가르치지만 실생활에서 실제로 표준어로 말하는 사람은 거의 없거든요."

누군가는 형이 학문적으로 아는 것은 많지만 실생활에서 유용하게 쓸 수 있는 지식은 별로 없어 보인다고 생각할 수도 있다. 하지만 사실은 완전 반대다. 나에게 천재란 어려운 주제와 정보를 이해하고 있는 그 자체보다는 그 내용을 이해하지 못하는 상대방이 쉽게 이해할 수 있도록 설명해줄 수 있어야 더 의미가 있다고 생각하는데, 바실리 형이 바로 그렇다.

바실리 형과 촬영을 진행하는 동안 커피를 마신 것 같은데, 어떤 맛이었는지 전혀 기억이 나지 않는다. 그처럼 형의 이야기는 숨 고를 새도 없이, 커피의 맛을 느낄 새도 없이 흥미로웠다. 바실리 형 특유의 특별한 열정이 담긴 한마디로 마무리해보자.

"백 년 정도 된 역사적인 문서를 손으로 만져보면 내 손가락이 흔들린다는 말이에요. 내 마음속에 그만큼 감정과 열정이 뜨겁다는 거죠."

그렇게 아버지가 된
샘 해밍턴

2018년 12월

내가 거의 맨날 가는 연남동 경의선 숲길 옆에는 작은 골목
길이 많다. 그 많은 골목길 중 하나를 끝까지 걷다 보면 '논탄
토(non tanto)'라는 커피숍이 나온다(참고로 이탈리아어인 '논
탄토'는 'Not too much'라는 뜻으로, '너무 지나치지 않게'라는 의
미를 지니고 있다).

　내가 논탄토 커피숍을 좋아하는 이유는 몇 가지 있는데
그중 하나는 가게 이름이 마음에 들어서이고, 또 다른 이유
는 2017년 8월까지 커피숍을 운영해온 사장님 두 분이 나의
처가댁이 있는 경상도에서 오신 분들이라 왠지 마음이 더 끌

리기도 했다. 하지만 가장 큰 이유는 아주 바쁘고 붐비는 연남동에서 논탄토만큼 따뜻하고 편안한 분위기를 찾을 수 있는 커피숍이 드물다는 점이다.

2018년 9월 어느 날, 아침 일찍 조엘과 만나서 연남동의 커피숍에서 일을 하다가 점심을 먹고 다시 일을 해야 하는데, 그러자면 또 다른 커피숍을 가야 하는 상황이었다. 당시는 따로 사무실이 없었기 때문에 항상 커피숍을 전전하며 작업을 하던 시절이었다.

우리가 점심을 먹은 장소와 멀지 않은 곳에 논탄토가 보였고 우리는 망설임 없이 그곳으로 향했다. 논탄토만의 터키식 전통 방식으로 내린 에스프레소를 마시며 작업을 하고 있었는데, 그날 사람이 너무 많아 조엘과 같이 앉지 못하고 떨어져 앉아 작업을 할 수밖에 없었다. 그러다 무심코 고개를 돌리자 텔레비전에서만 보던 샘 해밍턴과 그의 부인, 그리고 첫째 아들인 윌리엄이 내 옆에 앉아 있었다.

샘을 실제로 보는 것은 이번이 두 번째였다. 이전에도 한 번 연희동의 카페에서 우연히 마주친 적이 있다. 그들은 나란히 앉아 아무 말 없이 음료를 마시고 있었다. 사실 그때만 해도 나는 샘 해밍턴과 그의 아들 윌리엄이 얼마나 유명한지 잘 알지 못했다. 하지만 지나가는 사람마다 커피숍 유리창에 붙어 연신 대박이라는 말을 하며 샘과 윌리엄을 바라보는 광경을 보고 그들이 얼마나 유명한지 알게 되었다.

내 주위엔 샘을 잘 아는 사람이 몇 명 있고 또 샘 주위에도 나와 친한 사람들이 몇 명 있어서 내가 먼저 아는 척을 해야 하나 잠깐 망설였지만, 마침 샘이 나를 알아보고 영어로 말을 걸었다.

"너 재랑 같이 일하는 거 아니었어? 한국 와서 같이 일한 지 얼마 안 된 것 같은데 벌써 이렇게 헤어지면 안 되는 거 아니야?"

조엘과 나를 두고 하는 말이었다. 진지한 말투가 아닌, 어색한 분위기를 풀기 위해 던진 농담이었다. 그렇게 나는 샘 형과 한 시간 넘게 이야기를 나누었고, 나중엔 조엘도 대화에 참여했다. 그것이 제대로 된 첫 만남이었다.

이후 4개월이 지난 어느 추운 겨울날 샘 형을 다시 만났다. 이번엔 우연한 만남이 아니라 미리 연락을 해 우리 유튜브 채널에 출연을 요청해 성사된 만남이었다. 우리가 좋아하는 연남동 전기 통닭구이집 앞에 야외 테이블을 차리고 먹방 겸 '디너 이야기' 시리즈로 인터뷰 촬영을 하기로 했다.

이번 촬영은 기존의 촬영 기법에서 조금 방식을 바꿔보기로 했다. 기존에는 일대일로 진행되는 '디너 이야기' 혹은 '커피 이야기'를 촬영할 때 무조건 카메라 세 대로 촬영을 진행했다. 그 이유는 출연하는 두 사람의 얼굴이 양쪽에서 잘 담기게끔 삼각대에 카메라 한 대씩을 세워 찍고, 중간에 설치한 카메라 한 대로 출연자를 투샷으로 찍거나 음식을 클로즈업해서 찍어야 했기 때문이다.

그런데 이번에는 특별히 카메라 네 대로 찍기로 했다. 삼각대로 세워서 찍는 양쪽 두 대의 카메라는 그대로 두고, 나머지 투샷과 클로즈업 샷들은 기존처럼 한 대로만 찍지 않고 두 대로 나눠 찍기로 했다. 그렇게 하면 좀 더 다양한 각도로 찍을 수 있고, 다큐멘터리처럼 영상미를 돋보이게 만들 수가 있기 때문이다(이 부분을 꼭 말해두고 싶었다).

샘 형과 어떤 이야기를 나눌 수 있을까?

촬영 전에 샘 형과 가볍게 '스몰 토크(small talk)', 즉 근황 이야기를 나누었다. 그동안 잘 지냈는지, 어떤 방송 촬영을 해왔는지 같은 이야기를 하다가 자연스럽게 촬영을 이어갔다.

"괜찮으시면 이제부터 한국어로 진행하도록 하겠습니다"라고 내가 말했다.

"그래요."

대답하는 샘의 목소리가 완전히 다른 사람처럼 들렸다. 왠지 좀 더 무게감이 있달까? 어쨌든 뭔가 많이 다르다는 생각이 들었다.

"예, 그럼 이제 촬영 시작해보겠습니다."

"그래요…."

순간 어색함이 흘렀다. 한국말로 진행해나갈 자신감이 모조리 사라지는 것 같았다. 샘 형 때문에 그런 건 아니고 보통 샘처럼 나보다 한국어를 한참 잘하는 외국인과 촬영을 할 땐 종종 이렇게 바보가 된 것 같은 기분이 들곤 했다. 하지만 감사하게도 샘 형이 오히려 내 마음을 아주 편안하게 해줬다.

"인사드릴 방법이 여러 가지가 있을 것 같은데, 그냥 일단 샘 형이라고 부르고 시작할게요."

"그래요… 편하게 부르세요."

자신보다 10년이나 어린 웨일스 촌놈에게도 존댓말을 꼬박꼬박 써주는 샘 형이다.

내가 한국에 처음 온 게 2011년인데, 샘 형은 한국에 온 지 벌써 16년이나 되었다고 한다. 내가 처음 마주한 한국은 지금과 비슷한 점도 있고 변하지 않은 부분도 있지만 전반적으로는 많은 변화가 있다고 생각했는데, 샘은 자신이 처음 본 한국과 지금의 한국이 가히 상상도 안 될 정도로 몰라보게 달라졌다고 했다. 비록 서로 공유할 수 있는 경험과 시기는 다르지만 샘과 나는 같은 대학(고려대학교)에서 교환학생으로 공부하고 같은 동네에 살고 있다. 그나마 우리가 본 한국의 모습들 중 몇 개는 겹친다고 생각하니 한결 가까워진

한국에 온 지 16년이나 된 샘 형.
타지 생활을 하는 외국인으로서, 또 부모로서 살아온 샘 형과의 대화는
내게 큰 도움이 됐다. 이 사진은 2018년 인터뷰 뒤, 한 번 더 만나 찍은
사진이다.

느낌이 들었다.

　찻길 바로 옆 인도에 있는 야외 테이블에 자리를 잡은 탓에 조엘과 알렉스는 빠르게 지나가는 차들을 피하면서 왔다 갔다 촬영을 해야 했다. 정신없는 와중에도 샘의 이야기에 깊이 집중할 수 있었던 것은 한국에서만 느낄 수 있는 차분한 겨울 공기 때문에 가능했던 것 같다. 거기에 희미한 가로등 불빛, 바쁘게 돌아가며 구워지고 있는 돼지갈비와 전기 통닭 기계에서 나오는 옅은 불빛이 우리 테이블을 환하게 밝혀주고 있었다.

　샘은 잠시 추억에 잠긴 듯 보였다. 지금도 여전히 한국에서 살고 있지만 16년 동안 외국인으로 살며 겪었을 여러 가지 일들과 어려움, 그 모든 것을 겪으며 추억 또한 많이 쌓인 것 같다는 생각이 들었다. 샘은 진지했지만 털털했다. 그리고 아이들 얘기를 시작했다.

부모가 되는 것에 대하여

나는 영국에서 다니던 직장을 그만두고 2017년 9월 15일 한국에 들어와 같은 해 12월 초에 현재의 아내와 약혼했다. 나는 약혼할 준비가 되었다면 오래 준비하며 기다리다 결혼하는 것보다는 그냥 최대한 빨리 결혼하는 게 훨씬 좋은 방법이라고 생각했다. 그래서 약혼하고 2개월 만에 결혼했다.

우리의 사랑스러운 첫아이, 아누가 생긴 것은 결혼 후 2주도 안 되었을 때였다. 아이를 가지려고 노력한 것은 아니지만 그냥 온전히 하나님께 은혜로 받은 귀한 선물로 생각하며 감사히 받아들였다.

샘 형에게 첫아이인 윌리엄을 가지게 된 이야기를 듣다 보니 마음이 무겁진 않았지만 뭔가 슬프기도 하고 놀랍기도 하고 좋은 쪽으로 여러 가지 감정이 교차했다. 아이를 갖기 위해 고되고 힘든 과정 속에서도 끝까지 포기하지 않고 노력으로 이뤄낸 샘 형의 스토리를 들으니 괜히 울컥하면서 샘 형이 얼마나 가족을 향한 사랑으로 가득 차 있는지를 느낄 수 있었다. 그리고 결혼하자마자 우리에게 찾아온 아이가 얼마나 큰 축복이며 감사해야 할 일인지 다시금 깨달았다. 내 개인적인 생각으로 인간이 살면서 해낼 수 있는 많은 일들 가운데 가장 위대한 것이 부모가 되는 일이 아닐까 싶다.

샘 형이 해준 이야기들 중 나에게 큰 울림으로 다가온 이야기가 있다. 아이를 갖게 되면 나를 낮추게 된다는 말이다. 아이를, 가정을, 사랑하는 이들을 지키기 위해서는 아빠로서, 가정을 꾸려 나가는 한 사람으로서, 한 인간으로서 자신을 낮출 줄 알아야 하며, 나는 지금까지도 이 말을 거의 매일매일 곱씹고 있다. 아누가 태어난 지금은 더 크게 와닿는

말이기도 하다.

입 안에서 녹아 없어질 만큼 부드러운 전기 통닭구이를 먹다가 그 안에 있는 찐 찹쌀밥을 맛봤다. 고소하고 건강한 맛이었다. 곧이어 전기구이 돼지갈비도 나왔다. 노릇노릇한 돼지 껍질에서 향기로운 훈제 향이 났다.

조엘과 알렉스가 옆에서 진지하게 우리의 대화를 듣고 있는 차분한 분위기 속에서 샘 형이 웃음으로 마무리하며 대화를 끝냈다. 마지막에 내 눈에 눈물이 고였던 건 상 위에 있던 청양고추 때문이라고 말하고 싶다!

인터뷰를 하며 배우는 것들

샘 형과 오늘 대화를 나누기 전까지 나는 아빠가 되는 것에 대한 고민과 걱정이 굉장히 많았다. 타국에서 사는 것 자체가 쉬운 일이 아님에도 지금까지는 나름 잘 적응하고 있다고 생각했는데, 아이가 태어나고 나니 내게 새롭게 펼쳐질 삶과 환경들이 두렵게 다가오는 날들이 많았다. 무엇보다 한국에서 아이를 키우는 것에 대한 자신이 없었다. 하지만 나와 같은 외국인으로 한국에 오래 살며 두 아이를 키우고 있는 샘 형의 긍정적이고 적극적인 시선에 대한 이야기를 듣고 나니 나도 조금은 용기가 생겼다.

이렇게 누군가를 인터뷰하는 형식의 잔잔한 에피소드를 찍을 때마다 많은 것을 배우게 된다. 비록 어느 한 분야에 대해 완벽히 알지 못한다 할지라도, 해박한 지식을 가진 전문가가 아니라 할지라도 좋은 경험과 좋은 마음에서 우러나오는 이야기는 그 자체로 훌륭하고 경청할 만한 것이라는 사실을 배웠다.

사실 처음 샘 형을 봤을 땐 그저 한국에서 유명한 외국인 개그맨, 한국 예능 프로그램에 어울리는 아재 개그를 유창한 한국어로 보여주는 호주 아저씨쯤으로 생각했다. 하지만 이제는 그것만 가지고 샘 형을 말하기에는 부족함이 크다. 그는 너무나 존경스러운 아버지이자 자신을 낮추기를 망설이지 않는 멋진 남자, 또 나에게는 자랑스러운 형이다. 기회가 된다면 우리 영상에 나온 샘 형의 이야기를 꼭 한번 들어보라고 추천하고 싶다.

사진이 곧 삶,
김영철 사진작가

2018년 6월

2013년 11월, 이제 대학 3학년이 된 나는 한국으로 1년간 교환학생을 다녀온 뒤였기 때문에 런던에서 다시 이사를 할 수밖에 없는 상황이었다. 새로 이사한 집의 플랫 메이트(Flat mate. 룸메이트)인 나의 친한 친구 '케니 웡'과 함께 어느 일요일 오후 예배를 드리러 갔다.

예배는 3시였지만 찬양 시간도 길고 중간 휴식 시간 뒤에 긴 설교를 다 듣고 나니 어느덧 5시를 향해가고 있었다. 참고로 말하자면 영국은 여름엔 낮이 엄청 길어서 밤 10시가 되어도 해가 지지 않지만 겨울은 정반대다. 영국의 겨울은 마치 아침 9시에 출근해 오후 3시 반에 퇴근을 하더라도 야근을 한 것과 같은 기분을 느낄 수 있을 만큼 어둠이 빨리 찾아온다. 그 때문인지 런던은 11월만 되면 금방이라도 크리스마스가 올 것 같은 기분이 든다.

예배가 끝나고 학교 정문 앞 계단에서 오랜만에 조쉬와 조엘을 만나 이야기를 나누었다. 그런데 갑자기 문이 열리더니 피부가 아주 깨끗하고 조금 특이하지만 아주 잘생긴 사람이 한국어로 조쉬에게 인사를 건네며 걸어 나왔다. 조쉬는 그를 자기와 같이 사는 '한국 형'이라고 소개했고, 그는 내게 반말로 인사를 건넸다.

"반가워 단! 난 김영철이야. 앞으로 친하게 지내자."

"네 형. 그러십시다."

가끔은 예의 바른 것이 많이 어색하게 느껴지는 순간이 있다. 그날 첫 만남을 계기로 우리는 금세 가까워졌고 지금까지도 좋은 친구이자 좋은 형 동생의 관계를 유지하고 있다.

양반다리가 능숙한 '한국 형'

시간이 많이 흘러 2018년 5월, 당시 우리 유튜브 채널은 조금씩 자리를 잡아가고 있었다. 조엘과 나는 첫 번째 '커피 이야기' 시리즈를 기획·준비 중이었는데, 두 번째 에피소드까지는 촬영이 완성된 상태였고 마지막으로 출연해줄 외국인 출연자를 찾고 있었다. 그때 주인공이 바로 (외국인은 아니지만) 영철 형이었다.

형은 마포구와 한참 떨어진 강동구에 살고 있었는데 흔쾌히 수락해주었고, 한달음에 연남동으로 달려와주었다. 이전에도 '커피 이야기'를 촬영한 적이 있는 큐어커피숍에서 만나 오늘 촬영 주제에 대해 짧게 이야기했다. 형은 커피숍 옥상에서 새로 산 필름 카메라로 연신 나와 조엘 사진을 찍었다.

5월의 한국 날씨는 햇볕 아래에선 뜨거웠지만 그늘 아래에선 재킷을 입지 않으면 안 될 정도로 바람이 매서웠다. 촬영에 대한 이야기를 마치고 다 함께 나의 유일한 힐링 장소가 있는 곳까지 함께 걸어갔다. 나의 힐링 장소는 한적한 연남동 작은 골목길 끝에 위치한, 나이 지긋한 어르신들을 위해 마련된 공용 운동기구가 있는 야외 운동 공간이다. 운동 공간이긴 하지만 옆의 평상에선 동네 할머니들이 햇볕에 고추를 말리고 할아버지들은 바둑과 장기를 두는 경우가 많았다. 하지만 사람이 있는 걸 본 적은 극히 드물다.

그래서인지 바닥에는 먼지가 한 가득이었다. 조엘이 평상 양 끝에 두 대의 카메라를 삼각대에 설치하는 동안 나는 형이 평상에 앉을 수 있도록 닦을 만한 것을 찾았다. 당연히 아무것도 없었다. 나는 가방 안에 있던 후드 티를 꺼내 물을

영철 형의 사진이 아름답고 감동을 주는 이유는 형의 겸손한 마음
이 잘 담겨 있어서가 아닐까.

살짝 묻힌 다음 바닥을 닦았다(결국 다시 입지 못했다).

영철 형은 아주 능숙하게 양반다리를 하고 편안하게 앉았다. 나는 양반다리를 하는 것이 너무 힘들었지만 촬영 영상에 잘 담기려면 높이를 맞춰야 하기에 어쩔 수 없었다. 형과 똑같이 양반다리를 하고 앉아서 이야기를 시작했다.

"형, 이 '커피 이야기'의 기본 콘셉트는, 조엘은 자기 게스트랑 영어로 대화하고 나는 한국어로 인터뷰를 진행하는 거거든요? 그래도 괜찮으세요?"

내가 영철 형을 런던에서 처음 만났을 땐 내가 한국말을 하지 못했다면 소통이 거의 불가능할 정도였다. 하지만 런던에서 지내는 6년 동안 이방인이 아닌 현지인처럼 문화와 언어를 받아들이며 런던 생활에 완벽 적응한 덕분에 형은 웬만한 런던 사투리는 물론이고 영어로 일상 대화가 가능한 수준이 되었다. 그래서 오히려 서로 한국어를 쓰는 것이 어색한 상황이었다.

"그럼 난 편하지."

"다행이네요, 형."

"아! 그리고 내 얘기를 하는 거니까… 혹시 신앙 얘기도 해도 돼?"

"당연히 되죠! 형 하고 싶은 얘기 실컷 하는 게 더 좋아요!"

본격적인 촬영이 시작됐다. 영철 형은 사람을 편안하게 해주는 좋은 사람이다. 형을 인터뷰한 인터뷰어로서 말하건대 형은 최고의 출연자였다. 인터뷰 내내 마음이 편안했고, 편안한 마음으로 더 많은 질문을 할 수 있었다. 형은 내 질문에 진솔하게 대답해주었다.

그러던 중 나를 놀라게 한 이야기가 있었다.

"단, 근데 그거 알아? 나는 원래 사진작가가 되고 싶었던 게 아니야."

"아, 그러셨어요? 그럼 뭐가 되고 싶으셨어요?"

"나는 중학교, 고등학교 때 무에타이 선수였어. 완전 프로는 아니지만 그래도 대회에 계속 나가고 그랬어."

조금 놀랐지만 한편으로는 형과 아주 잘 어울린다는 생각을 했다. 스포츠를 하는 사람들은 사람을 다치게 하거나 상처를 주겠다는 마음으로 운동을 대하는 것이 아니라, 끈기와 집중 그리고 열정으로 자기가 설정한 목표를 반드시 이루고야 말겠다는 의지로 운동을 한다는데, 어떤 일이든 이루어내고야 마는 형이야말로 딱 스포츠에 어울리는 사람이었다.

하지만 형은 어찌 되었든 운동이란 건 사람을 아프게 하고 다치게 할 수도 있기에 이걸 지속할 수는 없겠다고 생각하고, 무에타이 선수가 아닌 다른 길을 찾아보기로 했다.

그 후 여러 가지 다양한 경험과 배움을 통해 형은 무에타이를 하던 그 손으로 사진을 찍기 시작했다.

영철 형은 영어의 '영' 자도 모르는 실력으로 무작정 영국에 가게 된 이야기를 시작으로, 그 당시 다니던 영어학원에서 일하고 있던 조쉬를 만나기까지 많은 이야기를 해주었다.

그 무렵 나는 온라인 코스로 런던의 한 대학에서 포토저널리즘 석사 과정을 밟고 있었기에 나는 형에게 궁금한 게 무척 많았다. 사진과 영상을 잘 찍는 기술적인 방법보다는 어떤 찰나의 순간이 형으로 하여금 카메라를 들게 하는지, 또 어떻게 하면 모두가 감동받는 사진을 찍을 수 있는지에 대해 물었고, 형은 아주 인상적이고 감동적인 대답을 해주었다.

형이 처음 부모님께 사진작가가 되고 싶다고 말하자 부모님은 형에게 아티스트가 되지 말라고 말씀하셨다고 한다. 그러나 형은 남들처럼 평범한 직업과 생활에서 벗어나 조금 다른 길로 가기를 원했다. 아무래도 형네 부모님은 형이 평범한 직장인이 되기를 바라셨던 것 같다.

형은 사진이 우리 삶과 비슷한 점이 많다고 했다. 사진은 혼자 찍을 수 있는 것이 아니라 사진을 찍기 위해선 빛도 있어야 하고 사람도 있어야 한다고 말이다. 또 분위기가 맞아야 자기가 찍고 싶은 사진을 찍을 수 있다고 했다. 사진을 찍는 과정과 순간에 어떤 메시지를 전달하고 싶은지 고려하

내가 찍어준 영철 형.
형은 사진이 우리 삶과 비슷한 점이 많다고 했는데, 이 사진에서 형의 밝고 긍정적인 자세가 잘 드러나는 것 같다.

는 것 또한 매우 중요하다는 이야기를 했다. 그런 점에서 사진을 찍는 것은 삶을 살아가는 것과 똑같다고 했다.

형의 이야기를 듣는 내내 형의 사진이 아름답고 감동을 주는 이유가 형의 겸손한 마음이 잘 담겨 있어서가 아닐까 하는 생각이 들었다. 형 말대로 어떤 일을 아무리 잘한다고 해도 자기 혼자서는 모든 걸 다 이루어낼 수 없다. 반드시 주변의 도움이 필요하다. 사람은 절대 혼자 행복할 수 없다.

늘, 좋은 영감을 주는 영철 형

나는 형과 함께한 이번 촬영이 우리 채널에 큰 변화를 가져다준 전환점 중 하나라고 생각한다. 나와 조엘은 기독교인이지만 우리는 이제껏 믿음과 신앙에 대해 자세히 이야기해본 적도 없고 솔직하게 말로 표현해본 적도 없다. 하지만 오늘 영철 형은 인터뷰 촬영 내내 믿음을 빼놓고는 솔직한 자기 모습을 보여줄 수 없다며 멋지고 용감하게 신앙에 대해 고백했다. 그걸 보며 조엘과 나는 크게 감동했다.

영철 형은 잘 모를 수 있지만 형은 나에게 늘 좋은 영감을 주는 사람이다. 형은 영어든 한국어든 말을 할 때 허투루 말하는 법이 없다. 그래서인지 형이 하는 모든 말이 깊이 와닿는다. 그리고 결혼을 먼저 한 선배로서 아내를 지혜롭게 배려하고 사랑으로 감싸주는 모습을 우리에게 변함없이 보여주고 있다.

　문득, 예전에 교회 예배가 끝나고 건물 앞에서 본 영철 형의 활기찬 모습이 떠올랐다.

　"형, 앞으로도 친하게 지내십시다."

그때 '그곳'의 인연

Place

서교동 '진부책방'에서
정세랑 작가와의 인터뷰

2018년 9월

연남동이라는 매력 넘치는 동네로 이사 온 지도 어느덧 6개월이 흘렀다. 경의선 숲길과 가까운 연남동의 첫 집을 떠나 서교동과 좀 더 가까운 동네로 신혼집을 구한 덕분에 아기자기하고 매력 넘치는 상점들이 즐비한 골목들을 여기저기 탐색하고 다녔다.

아직은 찬바람이 부는 어느 봄날 오후, 길을 잘못 든 탓에 늘 다니던 길이 아닌 새로운 골목에 들어서게 되었고, 그때 진부책방을 발견했다. 세련된 느낌이 들면서도 따뜻하고 아늑해 보이는 카페였다. 카페지만 딱히 카페라기보다는 서

점과 음악 스튜디오에 더 가까워 보였다.

유리창 안을 들여다보니 따뜻한 전등 아래로 카페 주인인 듯한 따뜻한 인상을 가진 남자가 한 손에는 아이스 아메리카노를, 다른 한 손에는 책을 들고 집중해서 읽고 있었다. 그날 진부책방에 들어가진 않았지만 조만간 다시 와서 커피 한잔 마시며 책을 읽으면 좋겠다고 생각했다.

시간이 흘러 9월이 되어서야 두 번째로 진부책방을 찾았다. 봄에서 가을로 넘어가는 동안 진부책방을 한 번밖에 찾지 못했는데, 그 이유는 아내가 아이를 가졌고 〈단앤조엘〉 유튜브 채널을 운영하면서 일이 많아지는 바람에 도저히 시간이 나지 않았기 때문이다.

지난 8월, 한국 문화 주간 행사의 SNS 콘텐츠를 담당하는 대행사에서 연락이 한 통 왔다. 소설가 정세랑 작가와 함께 콘텐츠를 만들어달라는 요청이었다. 당시 우리가 진행하고 있던 '커피 이야기' 인터뷰 시리즈에 자연스럽게 녹여 촬영할 만한 장소를 찾다 진부책방이 떠올랐다.

정세랑 작가와 촬영하기로 한 날, 경기도 오산에서도 촬영이 있어서 그 일이 끝나자마자 같이 촬영 작업을 한 사진작가 김영철 형의 차를 타고 간발의 차로 약속 시간에 맞춰 도착했다. 다행히 정세랑 작가는 아직 도착 전이었다. 서둘러 두 대의 카메라를 설치한 후 행사 담당자와 수다를 떨며 작가님을 기다렸다.

　진부책방을 찾을 때마다 신기한 것은 눈에 띄지 않을 만큼의 사소한 변화들을 늘 조금씩 준다는 것이었다. 마지막으로 이곳을 찾았을 때와 달리 이번에는 큰 유리 창문 앞으로 무릎 높이 정도쯤 되는 나무 벤치와 작은 텐트가 새로 생겼다.

　유리문을 열고 들어가니 정면에 1미터가량 되어 보이는 나무 책장과 그 옆으로 아주 편안해 보이는 하얀색 안락의자 두 개가 보였다. 책장 바로 앞에는 아주 세련돼 보이는 에스프레소 머신을 올려놓은 나무로 만든 바와 계산대가 있었다. 그 계산대 뒤에서 여자 직원이 가죽 공책에 뭔가를 적고 있었다. 그리고 카페 한가운데에 있는 긴 책상에서 손님 두 명이 노트북으로 연신 뭔가를 작업하고 있었다.

　손님들의 키보드 두드리는 소리와 함께 레코드판에서 흘러나오는 느낌 충만한 재즈 음악 소리가 어우러져 아주 평화로운 느낌이 들었다. 책방이자 음악 스튜디오이자 카페이기도 한 진부책방은 책이 아주 많지는 않았지만 이곳 분위기와 잘 어울리는 책들이 잘 선별되어 있다는 인상을 받았다.

내가 진부책방을 좋아하는 이유

나는 〈단앤조엘〉 채널과 관련된 게 아닌 그 밖의 작업들은 연남동 작업실보다는 근처 커피숍에서 하려고 한다. 자유로운 공간에서 본업과 달리 아주 느긋하게 작업하고 싶기 때문이다. 그래서 커피숍을 가도 커피의 맛보다 그곳 분위기가 평화로운지, 작업할 때 손님이나 직원들이 신경 쓰이지 않는지 같은 걸 더 중요하게 생각한다.

진부책방은 사장님부터가 털털하고 차분한 성격이다. 방해가 되기는커녕 귀 뒤에서 기분 좋은 바람이 불어오듯 살짝살짝 들리는 음악과, 가구에서 나는 부드럽고 깊은 나무 향이 마음을 편안하게 해준다. 그리고 자두 향과 갖가지 향신료가 섞여 나는 초콜릿 내음과 이국적인 과일 향의 풍미가 깊은 커피 향이 살짝살짝 나는 게 혼자서 생각을 많이 해야 하는 작업을 하기에는 딱이다.

나는 커피의 맛을 아는 나이가 되기 훨씬 전부터 이런 공간에서 시와 소설을 쓰고 싶었다. 또 기분이 조금 다운되거나 외로울 때면 내가 성숙하고 멋있는 시인이 되는 모습을 상상했다. 그런데 진부책방의 스윗하고 아늑한 분위기에서 글을 쓰다 보면, 나의 외로움과 이유를 찾기 힘든 우울한 마음이 자연스레 치유되는 것 같아 너무나 좋다. 무엇보다 연남동에서 가장 핫하다고 알려진 '경의선 숲길'과 조금 떨어진 곳에 있어서 그런지 이 근처에 사는 나의 친구들도 잘 모르는 나만의 조용한 세계를 찾은 기분이다.

조엘이 카메라를 설치하는 사이 정세랑 작가가 책방으로 들어왔다. 일반화하는 것을 좋아하지 않지만 정세랑 작가는 평소 내가 생각했던 작가의 이미지와 딱 맞아떨어졌다. 그녀의 움직임은 조심스럽고 겸손했으며 눈빛은 따뜻하고 인정이 넘쳤다. 우리는 아주 정중하게 악수를 나눴다. 미리 설치해둔 두 대의 카메라 사이에 정세랑 작가와 나란히 앉았다. 정세랑 작가가 준비해온 몇 권의 책들을 테이블 위에 놓고 커피를 한 모금 마신 후 본격적으로 촬영에 들어갔다.

나 역시 어릴 적부터 소설가를 꿈꿔온 터라 작가의 삶이 궁금했다. 그 밖에도 많은 것들을 물었다. 정세랑 작가는 작가의 생활과 삶, 작가가 마주하는 현실에 대해 이야기해주었고, 책을 쓰는 과정과 단계에 대해서도 아주 자세히 설명해주었다. 작가와의 인터뷰를 처음 해보는 나로서는 너무나 흥미롭고 신기한 경험이었다.

문득 이런 생각이 들었다. 작가가 되려면 일단 글 쓰는 것 자체를 좋아해야 하고, 쉽게 영감이 떠오르지 않는 날에도 일단 펜을 들어야 한다는 것, 그것이 작가가 아닐까 하는. 정세랑 작가와의 대화를 통해 나는 글을 쓴다는 것 자체의 소중함에 대해 깨닫게 되었다.

마지막으로 정세랑 작가는 예전보다 책을 많이 읽지 않

는 한국의 젊은 세대에 맞게 새로운 내용과 형식의 문학이 많이 개발되어야 한다고 했다.

자신의 글로 행복을 느낀다면 그걸로 충분하다

나는 한국에서 교환학생으로 1년간 지내면서 3만 5천 자 정도 되는 장편소설을 쓴 경험이 있다. 그때의 습작은 오롯이 나의 감정을 담은 나만을 위한 글이 되었는데, 그래서인지 정세랑 작가의 말이 큰 의미로 다가왔다.

사실 당시에 썼던 습작은 출판 가능성이 전혀 없기도 했거니와 아주 가까운 친구나 가족들에게도 보여주기 민망한 글이었다. 그저 내 마음이 가는 대로 쓴 글이었기 때문에 그저 글 쓰는 과정 자체를 즐기며 행복하게 썼던 것 같다. 시간이 한참 지난 뒤, 노트북을 새로 업데이트 하는 바람에 그 습작 파일을 잃어버렸지만, 아무런 미련도 후회도 없다.

정세랑 작가와 인터뷰를 하다 보니 아무리 사소한 것이라도 다시 펜을 잡고 글을 쓰고 싶다는 열정이 샘솟았다. 자기 작품에 대한 큰 욕심 없이 그저 자연스러운 모습으로 자신이 가장 사랑하는 일을 하면서, 소수의 사람이라도 자신의 글로 행복을 느낀다면 그걸로 충분하다고 말하는 정세랑 작가의 모습이 눈부시게 아름다웠다. 진부책방에도 정세랑 작

정세랑 작가가 소개해준 표지가 독특했던 책. 한국에서는 책의 다양한 변화를 위해 여러 가지 색다른 시도를 하는 것 같아 인상 깊었다.

가의 책이 여러 권 있었는데, 그것만 봐도 그녀의 글은 이미 여러 사람을 행복하게 만들고 있는 듯하다.

가만히 앉아 책방에 있는 책들을 보고 있자니 문득 이런 생각이 들었다. 인간은 자기 자신의 마음과 감정을 표현할 수 있는 방법이 다양하지만 그중에서도 제일은 역시 책과 글이라고 말이다. 글에는 아주 사소한 하나의 글자, 단어 그리고 단락까지 구석구석 글쓴이의 마음이 담기지 않은 것이 없다. 같은 책을 읽는다 할지라도 읽는 이의 성격과 삶, 경험에 따라 완전히 다른 이야기로 다가오기도 한다.

진부책방에서 정세랑 작가와 이런저런 이야기를 나누고 인터뷰 촬영을 하는 것 자체가 나에게는 독특하고 신선한 또 다른 한국 문화이자 한국 문학에 대한 소중한 경험이 되었다. 이번 촬영을 통해 한국 문화에 대한 나의 이해력, 또 한국 문화를 떠나 문학과 작가라는 개념에 대한 이해도가 한층 더 높아진 것 같은 느낌을 받았다. 그리고 오랜만에 먹방 콘텐츠가 아닌 다른 콘텐츠를 해보니 아주 새로웠다.

정세랑 작가의 책을 읽어보니 표지가 아주 겸손하다는 느낌이 들었다. 그녀의 생각과 삶의 방식을 담고 있는 책에 비해 표지는 겸손하기 그지없었는데, 그런 점에서 따뜻하고 소박한 분위기를 자아내는 진부책방 역시 정세랑 작가의 책과 똑 닮았다. 화려한 표지는 아니지만 펼치는 순간 빠져들어 읽게 되는 책처럼, 진부책방 또한 특별할 것 없어 보이는 외관을 가지고 있지만 안으로 들어서는 순간 전혀 다른 분위기에 사로잡히고 만다. 당장 펜을 들어 나의 이야기를 쓰고 싶게 만드는 곳, 책을 쓰고 싶다는 영감과 창의성을 불러일으키는 곳이다.

지금 쓰고 있는 이 책의 첫 장도 진부책방에서 시작했고, 언젠가 쓰게 될 마지막 페이지도 어쩌면 진부책방에서 쓰게 되지 않을까 싶다.

종로 광장시장에서
어르신들과 소주 한잔

2017년 11월

내가 좋아하고 즐겨 먹는 한국 음식 중 하나가 전이다. 특히 술을 마실 때는 늘 빼놓지 않고 곁들여 먹는 안주다.

이미 앞에서도 언급했듯이 영국에 있는 한국 식당의 음식 수준은 한국보다 조금 떨어지지만 한 가지 예외인 음식이 있다. 내가 런던 동북쪽에 있는 엔젤이라는 동네에 살았을 때 한국 체인 매장인 '비비고'라는 식당이 있었다. 그곳에 가면 항상 돼지고기 김치찌개와 해물파전을 시켜 먹었는데, 그곳 해물파전은 정말이지 살아생전에 한 번 더 먹을 수 있었으면 좋겠다 싶을 만큼 맛이 끝내줬다. 평소에 나는 해물파전보다 김치전을 더 좋아하지만 비비고의 해물파전은 예외다. 달달하고 짭조름한 맛이 기가 막히다.

이번에 한국에 와 살게 되면서 늘 먹던 김치전이나 파전이 아닌 시장에서 파는 녹두전을 먹어봤는데, 처음 먹어봐서 그런지 다른 전에 비해 두껍고 약간 텁텁한 맛이 났다. 솔직히 엄청 맛있다는 생각은 들지 않았다.

그러다 울산에 가서 장인어른과 전통 주막에 가는 촬영을 하면서 다시 녹두전을 먹을 기회가 생겼다. 녹두전과 한우 찌개 그리고 동동주를 시켜 먹었는데, 동동주도 톡 쏘는 것이 지금까지 마셔본 한국 술과는 다른 느낌이었고, 바삭한 녹두전은 전에 먹었던 것과는 비교가 되지 않을 만큼 맛있었다.

일주일에 영상 두 편 올리는 것을 목표로!

한국에 온 지 두 달이 채 되지 않은 11월 초의 어느 날이었다. 유튜브를 처음 시작하는 단계이다 보니 생각보다 수익이 많지 않았다. 게다가 나와 조엘 그리고 아담까지 세 명이서 함께 이끌어갔기 때문에 일주일에 한 편만 올리던 영상을 두 편을 만들어 올리기로 했다. 영상을 무슨 요일에 업로드하면 좋을까 생각하다가 〈영국남자〉 채널이 매주 수요일 저녁마다 영상을 올리고 있어서 우리는 화요일과 목요일에 올리기로 했다.

　　일단 화요일 저녁 8시에 망원시장 투어 영상을 유튜브에 올리긴 했는데, 당장 목요일에 올릴 영상이 없었다. 그렇게 되면 주에 두 편 올리기로 한 계획이 실천되지 않는 셈이었다. 사실 수요일 아침에 당장 나가서 뭐라도 찍을 수는 있었지만 당시 나와 아담은 영상 편집에 대해 아무것도 몰라서 한 편의 영상을 이틀 만에 만드는 것이 쉬운 일이 아니었다. 모든 영상 편집을 조엘이 담당했기에 현실적으로 조엘 혼자 하나의 영상을 이틀 만에 끝내기는 불가능했다.

　　지금처럼 빠르면 30분 만에 영상 촬영을 끝낼 수 있는 것과 달리 그때는 짧게 촬영을 하지 못해서 편집하는 시간 또한 몇 배가 걸렸다. 더욱이 내가 자막 작업을 시작한 지 얼마 되지 않았던 때라 지금보다 훨씬 느리고 더디게 진행됐다.

　　지금은 우리만의 사무실도 있고 좋은 컴퓨터와 장비도 갖춘 덕분에 작업 능률이 많이 올라갔지만 그때는 하루 종일 여러 곳의 커피숍을 전전하며 작업을 해야 했다. 그러다 보니 더 많은 시간이 걸리곤 했다.

　　결국 망원시장 투어 영상을 올리면서 그날 밤 바로 촬영을 나가기로 했다. 나와 아담, 알렉스, 조엘 그리고 내 아내인 현지까지 우리는 집 앞에서 두 대의 택시를 나눠 타고 광장시장으로 출발했다.

비가 추적추적 내리고 습도가 높은 밤이었다. 광장시장 근처는 차들로 엄청 붐볐지만 저녁 9시쯤 되자 상가와 식당들이 차츰 문을 닫고 있었다.

현지와 촬영하는 일이 흔치는 않은데, 오늘은 특별하게 현지와 함께해서 그런지 느낌이 새로웠다. 현지와 함께 촬영을 하면 그녀의 효율적이면서 창의적이고 추진력 넘치는 성격 덕분에 일이 수월하게 끝나곤 했다.

이번 광장시장 촬영에서는 아담과 알렉스 두 사람이 카메라맨으로 촬영을 맡았다. 한 명이 옆에서 가까이 찍고 다른 한 명이 조금 멀리서 와이드 컷을 찍기로 했다. 먼저 시장 앞에서 인트로를 찍은 후 시장 안으로 걸어 들어가면서 촬영을 이어갔다.

시장을 돌아다니다 보니 시장 안의 먹자골목이 크게 두 부류로 나뉘어 있었다. 한쪽은 순대, 만두, 족발과 마약김밥, 그리고 다른 한쪽은 싱싱한 해산물과 술을 팔았다. 끝나가는 시간대의 어둡고 적막한 분위기 때문인지 살아 있는 낙지와 여러 가지 생선들을 보니 약간은 기괴한 기분이 들었다.

촬영을 하며 시장을 돌아다니다가 닭발과 소주로 회식을 하고 있는 중년 남자들을 보았다. 그들은 흥이 올라 연신 월드컵 구호를 외치며 우리에게 소주를 권했다.

"대~한민국 짝짝~짝짝짝! 대~한민국~ 짝짝~짝짝짝!"

사실 시장 안은 이분들과 몇몇 유명한 전집을 빼고는 손님이 거의 없었다. 그래서 우리도 유명하다는 전집으로 가서 야외에 앉아 전과 막걸리를 주문했다. 막걸리 뚜껑을 따서 한 모금 마셔보려는데 갑자기 옆 테이블에 앉아 있던 젊은 사람이 다가오더니 친절하게 막걸리 병을 흔들어 따라주고 마시는 방법까지 알려줬다.

막걸리를 마시며 촬영하는 동안 우리 옆 테이블과 전집 안에서 술 마시는 사람들의 대화 소리와 잔을 부딪치는 소리 말고는 어떠한 소리도 나지 않았다. 이렇게 조용하고 어두운 곳에 있자니 흡사 저녁 예배가 끝나기 전에 기도하며 기다리고 있는 듯한 묘한 기분이 들었다.

그때 갑자기 술에 잔뜩 취한 아저씨가 우리 앞에 나타났다. 술에 취하긴 했지만 아주 반갑고 신나는 목소리로 우리에게 인사를 건네며, 자기가 '외국인'을 얼마나 좋아하는지 아느냐며 여러 번 강조했다.

"외국 사람! 외국 사람! 아이 라이크 외국 사람!"

사실 영국에서는 '외국인'이라는 단어를 쓰면 인종차별

을 한다고 오해할까봐 그 말을 아예 쓰지 않는 게 좋다는 인식이 있는데, 한국에서는 외국인을 외국인이라 표현하는 것에 거리낌이 없는 것 같다. 광장시장에서 만난 이 아저씨 역시 한국 사람과 생김새부터 다른 우리의 다름과 차이를 어떠한 편견도 없이 긍정적으로 받아들였고 심지어 강조하기까지 했다.

광장시장을 다녀오고 나니, 이곳이야말로 소통의 장이 아닐까 하는 생각을 해보았다. 사실 음식이 특별하다거나 대단한 전과 막걸리를 파는 것은 아니지만 좁디좁은 테이블에 조금은 불편하게 모여 앉아 다양한 손님들부터 시장 상인들까지 대화와 웃음이 끊이지 않는 곳이란 생각이 들었다. 이렇게 평범한 사람들이 즐겨 찾는 곳을 찾아다니며, 현실과 가깝고 체험적인 콘텐츠를 만들어보니 우리가 앞으로 어떤 콘텐츠를 만들어나가야 하는지에 대한 방향이 조금씩 그려지는 것 같다.

이번 촬영은 우리가 광장시장이란 곳을 처음 방문했기에 접할 수 있는 솔직한 리뷰와 반응들이 나왔다. 마치 친한 친구들과 놀러가서 맛있는 음식을 먹고 온 기분이었다. 물론 광장시장을 자주 찾는 어르신들을 만나 한잔하면서 그들과 소통하려고 하는 우리의 모습이 다소 서툴러 보일 순 있지만, 한국의 정에 대해 보여주고 살아 있는 시장의 모습을 담을 수 있어 벅찬 순간이었다.

← →

깜깜한 저녁에 도착한 광장시장.
시장 좌판에 놓여 있는 생선들을 보고 있으니, 기분이 묘했다.
그럼에도 시장 상인들은 따뜻했고, 모두가 우리를 반겨주었다.

이제부터 소개할 내용은 광장시장을 촬영할 때도 그리고 업로드된 영상에서도 제일 마지막으로 나왔기 때문에 글을 쓸 때도 마지막으로 쓰고 싶었다.

촬영을 모두 끝내고 우리는 시장 뒷문으로 나와 장비를 들고 택시를 타러 걸어가고 있었다. 그런데 아까 전에 우리를 '외국 사람'이라고 부르던 술에 취한 아저씨가 보였다. 횟집에서 혼자 술과 해산물을 먹고 있었는데 텅 빈 소주병이 테이블에 세 병 정도 있었고 아저씨는 여전히 술을 마시고 있었다. 다른 가게들은 이미 거의 문을 닫은 상태였다. 왠지 쓸쓸해 보이는 아저씨를 보니 간단히 인사라도 드리고 가야겠다고 생각했는데, 조엘이 바로 내게 말했다.

"우리가 계속 찍고 있을 테니까 단이 가서 아저씨랑 얘기 좀 해봐."

그렇게 아저씨에게 다가가 인사를 드리자 아저씨는 왠지 슬프면서 반가운 눈빛으로 같이 한잔하자고 말씀하셨다. 소주를 마시며 서로 소개를 했지만 사실 별 의미 없는 대화들을 나누었다. 왠지 오늘 밤 아저씨에게 필요한 것은 이런 의미 없는 대화가 아닐까 하는 생각이 들었다. 이런저런 이야기를 나누다 보면 조금이라도 위로받고 누군가와 함께한다는 생각이 들 테니까 말이다.

대화 중 나의 고향인 웨일스에 대해 얘기하다가 세계적으로 유명한 웨일스의 축구 선수 가레스 베일을 언급했다.

"레알 마드리드 선수 중에 가레스 베일이라고 있지 않습니까? 그 양반도 웨일스 출신이거든요."

"그 양반이라는 말을 알다니, 한국말을 참 잘하네!"

그때부터는 촬영을 하는 것도 잊고 나이도 잊고 정말 친구와 술 한잔하는 것처럼 신이 나서 아저씨와 더 깊은 대화를 이어갔다.

퇴근하자마자 달려간
영국의 치킨집 '윙윙'

2017년 6월

5년 전부터 나는 일주일에 한 번씩 영국 신문에 기고되는 식당 리뷰를 꼼꼼히 챙겨 읽었다. 그 신문에 글을 쓰는 음식 비평가는 카리스마와 유머가 넘치는 50대 영국 남성으로, 그는 태어날 때부터 다문화주의가 잘 형성되어 있는 런던에서 살았고 해외여행을 많이 다녀서 그런지 다양한 나라와 음식에 대한 지식과 경험이 아주 많았다.

　한국에 오면서 한참 동안 그 리뷰를 읽지 않았는데, 연남동에 작업실을 구하면서 일주일에 한 번씩 베트남 쌀국수집에 점심을 먹으러 갈 때마다 그 리뷰를 다시 읽고 있다.

한국에서 살게 되면서 한국 음식을 많이 먹고 다양한 경험을 하다 보니 그 음식 비평가가 한국 음식에 대해 얼마나 무지한지 새삼 깨닫게 되었다. 물론 어느 한 분야에 지식과 경험이 많은 전문가라 할지라도 그 분야에 포함된 모든 부분을 완벽하게 알기란 어렵다. 이 비평가는 외국에도 많이 다녀보고 외국 음식도 많이 먹어본 듯하지만 아마도 한국에는 직접 와본 적이 없는 것 같다. 그래서인지 같은 외국인이지만 실제로 한국에 거주하고 있는 나 같은 사람에게는 그의 글이 조금 억지스럽게 느껴졌다.

특히 김치찌개 전문점과 같이 '전문점'의 개념이 많은 한국 음식의 특징에 대해서도 잘 이해하지 못하고, 주력하는 메뉴 없이 모든 종류의 한국 음식을 다 파는 식당에 대해서도 제대로 된 비평 없이 리뷰를 하곤 한다. 전과 덮밥, 잡채, 비빔밥, 순두부찌개, 순대, 계란찜과 같은 다양한 메뉴들을 특성 있는 하나하나의 메뉴로 설명하기보다는 그저 밑반찬으로 가볍게 먹을 수 있는 음식처럼 평가한다.

런던에서 살 때 나도 몇 번 그런 식당에 간 적이 있다. 특별히 맛이 좋아서 간 건 아니고 한국에서 먹던 음식이 너무나 그리워서 맛과 상관없이 여러 가지 음식을 파는 식당을 종종 찾았다.

이런 다양한 메뉴를 파는 한국 식당에서 어렵지 않게

찾을 수 있는 대표 메뉴가 바로 치킨이다. 그리고 메뉴판에는 그냥 치킨이 아니라 '치맥'이라고 쓰여 있다. 한국 식당에서 치킨을 주문하려면 맥주도 필히 함께 마셔야 하는 것처럼 치맥을 판다. 그곳에서 가장 인기 있는 치킨은 양념치킨으로, 한국에서 먹는 양념치킨과는 약간 달리 영국 사람들에게 익숙한 '중식'과 가까운 '스윗 앤 사워 치킨' 같은 맛이다.

코리아타운 한국 음식이
한국에 있는 한식보다 맛있다고?

런던에 살면서 한국을 그리워하는 마음으로 맛과 퀄리티가 약간은 아쉬운 한국 음식을 즐겨 먹던 나는, 어느 날 다른 영국 신문사의 리뷰를 보고 런던 템스강 남쪽에 위치한 치맥 전문점을 알게 되어 바로 가보았다. 기사에서 말한 것처럼 맛도 좋고 식당 분위기도 너무 마음에 들어 한 달에 한 번씩은 오고 싶었는데, 얼마 후 식당은 개인 사정으로 문을 닫았다.

그 집이 문을 닫고 런던에서 진짜 한국의 맛을 느낄 수 있는 치맥 집을 찾는 것을 포기하려던 무렵, 내가 영어를 가르치던 학생이 미국 LA 코리아타운에 가면 한국에 있는 한국 음식보다 더 맛있는 음식을 먹을 수 있다고 했다. 그 말이 내게는 충격적이었다.

정말 그게 가능할까 싶은데, 아마도 두 가지 이유 때문이 아닐까 하는 생각이 든다. 첫 번째는 LA는 한국보다 더 다양한 문화를 가진 다문화주의 도시로, 한국 음식을 좀 더 다양하고 신선한 조합으로 즐길 수 있도록 다양한 퓨전 스타일의 한식을 개발하기 때문이고, 또 다른 하나는 한국계 LA 사람들이 한국 음식을 그리워한 나머지 한마음으로 한국의 맛을 내기 위해 많은 노력을 했기 때문이 아닐까 싶다.

런던에서 발견한 한국식 치킨집, 과연 맛은?

런던에서 회사를 다니던 시절, 퇴근하고 한 시간 거리의 집까지 걸어가는 길에 새로 오픈한 '윙윙'이라는 '치맥' 집을 보게 되었다. 이제 막 오픈한 것 같아 보이는 식당 앞에는 직원처럼 보이는 한 남자가 쿠폰을 나눠주며 열심히 식당 홍보를 하고 있었다. 한국 사람도 아니면서 한국 치맥을 저렇게 열심히 홍보한다는 사실이 무척 인상 깊었고, 그 식당이 궁금해졌다.

〈영국남자〉 유튜브 채널의 특징은 조쉬와 올리 두 사람이 각자 자신의 역할을 잘 지킨다는 것이다. 조쉬는 출연자 겸 진행자 역할을 맡고, 올리는 카메라 촬영과 연출, 즉 감독의 역할을 맡고 있다. 유튜브나 방송 촬영을 잘 알지 못하는 사람이라면 유튜브 촬영을 할 때 얼마나 많은 장비와 카메라가 필요한지 잘 모를 것이다.

조쉬와 올리 두 사람이 운영하는 2인 채널의 유튜브 영상을 촬영하기 위해서는 매 촬영 때마다 세 대에서 많게는 다섯 대의 카메라가 필요하다. 내가 〈영국남자〉 채널에 출연할 때만 해도 촬영 경험이 많지 않았고, 더구나 내가 운영하는 채널이 아니었기 때문에 촬영을 준비하는 동안에는 가만히 앉아서 기다렸다. 당시엔 출연만 하는 것인데도 많이 떨렸던 기억이 난다. 자기 채널이지만 나처럼 출연자로 출연하는 조쉬 역시 장비에 크게 신경을 쓰지 않았기 때문에 나도 자연스럽게 나의 역할에만 집중하며 촬영을 했다.

한편, 조엘은 당시 해외를 돌아다니며 프리랜서 다큐멘터리 촬영감독 일을 많이 하던 때였다. 조엘도 자기만의 유튜브 채널이 있었는데 그냥 취미로 자신의 여행 기록을 보여주는 정도였다. 〈영국남자〉 채널보다는 가벼운 브이로그 개념이었던 조엘의 채널은 가벼운 장비로 촬영했지만, 그럼에도 불구하고 완성된 결과물은 예쁜 영상미와 잔잔한 다큐 느낌이 살아 있었다.

그러다 우연히 조엘의 채널에 출연을 하게 되었다. 당시에는 조엘과 〈단앤조엘〉 채널을 시작하기 전이었기 때문에 촬영 과정보다는 영상의 결과물에 더 집중했다. 그런데 촬영

때마다 장비와 카메라 설치에만 거의 한 시간이 넘게 걸리는 〈영국남자〉와 달리 조엘은 아주 간단하고 빠르게 진행했다. 또한 전문적으로 영상 계획을 미리 짜놓고 시작하는 〈영국남자〉와 다르게 조엘은 아주 즉흥적이고 자유로웠다. 그리고 우연한 계기로 우리는 '윙윙'에서 촬영 허가를 받았다. 6월의 어느 날, 회사가 끝나자마자 바쁘게 조엘을 만나러 윙윙으로 향했다.

윙윙 가게에 도착해 실내를 살펴보니 한국의 치맥 집과는 확실히 분위기가 달랐다. 건물 자체가 몇 백 년이나 된 클래식한 건축물들로 둘러싸여 있는 런던에서 윙윙은 조금은 특별하게 모던한 스타일이었다. 식당 내부의 벽은 회색이었고 바닥은 같은 색이었지만 광이 나는 마감재로 마무리되어 있었다. 간판과 메뉴판 외 식당 대부분이 주황색과 빨간색 그리고 까만색으로 하나의 팝아트를 보는 것 같은 느낌이 강하게 들었다. 왠지 미국 드라마에서 보는 것처럼 스케이트보드를 타는 젊은이들이 피자 한 조각을 손에 들고 '레드 핫 칠리 페퍼스(Red Hot Chili Peppers)' 밴드의 음악을 들을 것 같은 쿨하고 편안한 느낌의 식당이었다.

식당 안은 불필요한 연기 없이 깔끔했고 치킨 튀기는 고소한 냄새만 가득했다. 새것처럼 보이는 검정색 냉장고에는 여러 가지 맥주들이 있었는데, 그중 유독 눈에 띄는 것이 한국의 카스와 하이트 맥주였다. 다양한 나라의 사람들이 모여 있는 윙윙의 직원들은 아주 친절하고 쿨했다. 친근하게 인사를 건네며 메뉴에 있는 음식을 하나씩 꼼꼼히 설명해주었다. 메뉴에는 한국의 치킨과 맥주라고 소개해놓았지만 한국 치맥 집과 같은 것은 아니었다.

우리는 몇 가지 대표 메뉴를 주문하고 기다리는 동안 주인과 수다를 떨다가 음식이 나오자마자 바삭한 치킨을 가지고 밖으로 나갔다. 밖에서 먹어도 춥지 않을 만큼 봄과 여름 사이의 날씨였기 때문에 길 건너 공원으로 가서 치킨을 먹기로 했다. 내가 엄청 불편해하는 양반다리를 하고 잔디에 앉자 조엘이 카메라 설치를 했고, 바로 치맥을 꺼내 촬영을 시작했다.

조금 다른 이야기지만, 한국에서 살면서 가장 사무치게 그리웠던 게 바로 런던의 공원이었다. 특히 내가 졸업한 대학은 유명한 학자와 작가를 많이 배출한 런던의 '블룸즈버리'라는 동네에 위치해 있는데, 그 때문에 수업 중간중간 쉬는 시간이면 영국 문학의 레전드 작가들이 수다를 떨고 걸어 다녔을 공원에서 피톤치드 향을 맡으며 산책을 즐겼다.

촬영하면서 윙윙 치킨을 먹어보니 완전 한국 치맥의 새로운 발견이라는 생각이 들었다. 특히 이렇게 런던스러운 공원을 배경으로 한국 맥주와 함께 너무나 고소하고 맛있는 아

↑ 런던에서 치맥 영상을 찍는 나와 조엘.

니스(Anise)라는 소스가 덧발라진 바삭한 닭날개를 먹으니 한국에서 느껴보지 못한 아주 특별한 맛이 났다.

솔직히 나도 영국인으로서 영국 날씨에 대한 불만이 많은데, 오늘처럼 이렇게 완벽한 날씨라면 영국에서 사는 것이 정말 완벽하다는 생각이 든다. 예측하기 힘들 만큼 변덕스러운 영국 날씨 때문에 날씨가 좋은 날 더 감사하게 된다.

가끔은 그리운 런던에서의 순간

조엘과 윙윙 촬영을 함으로써 나는 이제 조엘과도 몇 번의 다양한 촬영을 함께했다. 신기하게도 조엘과 함께 촬영하면 내가 다른 사람의 채널에 출연하고 있는 게 아니라 같은 팀으로서 콘텐츠를 기획하고 만드는 것 같은 느낌이 들었다. 무엇보다 크게 어렵지 않고 단순한 내용의 콘텐츠를 찍다 보니 부담스럽지도 않았다. 조엘과 그냥 이렇게 유튜브 채널을 새로 시작해야 하나 싶은 생각까지 들었다.

당시 나는 대학 졸업 후 나와 맞지도 않고 내가 잘할 수 있는 일도 아닌 길을 선택해서 여러 가지 이유로 스트레스를 받고 힘든 상황이었다. 그런데 조엘과 함께 이렇게 치맥을 들고 공원에 나오니 모든 스트레스가 풀리는 느낌이었다.

외국에서는 한국에 있는 한식당에서 먹는 밥맛을 절대

느낄 수 없듯이, 한국에서는 런던 윙윙의 '한국' 치맥을 먹을 수 없다는 게 아쉽기보다는 그냥 어느 날 문득 그날의 날씨와 그날의 윙윙이 가끔 그리워지는 순간이 있다.

나에게 LA 코리아타운의 한국 음식을 알려준 학생에게 '윙윙'의 치맥을 소개하면서, 혹시라도 맛보고 실망할까봐 지극히 나의 개인적인 경험과 입맛이라고 말하며 조심스레 추천했다. 그 학생 역시 나처럼 이제껏 영국에서 맛있는 한국 음식을 한 번도 못 먹어보지 못했다며 나를 의심스러운 표정으로 쳐다봤다. 그런데 실제로 가서 먹어보니 엄청 맛있을 뿐만 아니라 심지어 정통 한국 치킨 맛이라고 해서 오히려 내가 더 기뻤다.

런던의 한 음식 비평가는 한국 음식을 제대로 먹어본 적은 없지만 웬만한 한국 식당의 음식을 긍정적으로 평가하고 그곳 음식들을 즐겨 먹는다고 했다. 그런 그가 말하기를, 전통적이라고 해서 무조건 맛이 보장된다는 뜻은 아니고 전통적이지 않다 해도 충분히 맛있을 수 있다고 했다. 비록 전통적이지는 않더라도 혀는 거짓말을 하지 않으니, 그런 점에서 윙윙은 정말 '찐으로' 맛있다!

용강동,
우리의 한국 스토리

2019년 5월

나는 마포구에 연남동, 망원동, 합정동, 홍대 그리고 상수동 밖에 없는 줄 알았다. 나중에 성산동, 연희동, 서교동 등이 있는 줄 알았고, 마포구의 중심은 당연히 마포구청이라고 생각했다.

아들 아누가 태어나자 연남동의 신혼집이 아누의 짐으로 점점 비좁아지기 시작했다. 게다가 갓난아기가 있어 겨울에 자주 창문을 열어 환기시키지 못한 탓에 결로로 곰팡이가 심해졌다. 인테리어 회사에서 일하는 알렉스의 아내에게 도움을 받아 해결하긴 했지만 오래가지 못해 다시 곰팡이가 생겼고, 아기를 그곳에서 키울 수 없겠다는 생각에 이사를 가기로 결정했다. 아기를 키우기에 더 좋은 조건의 집을 찾아 성산동으로 이사했는데, 집을 알아보다가 마포구에 '용강동'이라는 동네가 있다는 사실을 처음 알게 되었다.

한 대행사를 통해 마포구청의 협찬을 받아 5편의 영상을 만들기로 했다. 내용은 용강동 재개발로 인해 매출이 하락한 몇몇 식당을 찾아 음식을 먹는 먹방 촬영이었다.

식당에서 찍는 먹방은 우리가 정말 행복하게 촬영할 수 있는 콘텐츠다. 평소 즐겨 먹는 고기, 해산물, 곱창, 감자탕, 치킨과 같은 다양하고 맛있는 음식을, 그것도 〈단앤조엘〉의 스타일과 딱 맞는 조금은 허름하고 오래됐지만 정겨운 식당에서 촬영할 기회라니 너무나 행복했다.

무엇보다 용강동에서 오랜 세월 터를 잡고 장사해온 식당의 주인 분들과 가까이서 소통할 수 있는 기회를 얻게 된 점이 참 좋았다. 용강동에서 다양한 콘텐츠를 만들기로 마음은 먹었지만, 용강동을 시청자들에게 어떤 동네로 소개하고 보여줘야 할 것인가에 대한 고민은 계속 남았다.

겉으로 보기에도 세월의 흔적이 보이는 오래된 식당들이 모여 있는 곳 맞은편에는 지은 지 얼마 안 된 고층 아파트들이 들어서 있었는데 뭔가 이곳 분위기와 어울리지 않는다는 느낌을 받았다. 또한 하나같이 맛집 같은 분위기를 풍기

↑ ↓
한강과 가까운 용강동은 예전에는 '마포'라고 불렀다고 한다.

고 있는 식당 안에는 손님이 그리 많지 않고 왠지 모르게 축처져 있는 분위기였다.

무사히 촬영을 마치고 5편의 영상을 모두 유튜브에 업로드하고 나자 대행사에서 추가로 영상을 한 편 더 만들어달라는 연락이 왔다. 이전 영상들과는 달리 이번에는 전체적으로 용강동이 어떤 동네인지 알려주는 영상을 만들어달라고 요청했다. 안 그래도 언젠가 꼭 다큐를 만들고 싶었는데, 이번이 다큐멘터리를 찍을 수 있는 좋은 기회라고 생각했다.

첫 번째 스토리,
용강동의 '가장 오래된 철물점'

조엘이 감독과 메인 카메라를 맡고, 알렉스가 카메라 촬영을 맡았다. 그리고 여행 사진작가인 '파블로'라는 친구가 사운드와 그 밖의 연출을 도와주기로 했다. 마포구청에서 지원을 받고 있는 식당과 상가들 중 가장 오래된 세 곳을 찾아 미리 연락을 하고, 촬영 전날 잠깐 방문해 촬영에 대해 간단한 설명을 해드리고 촬영 구도와 계획을 세워놓았다.

촬영 날 아침, 다 같이 차를 타고 용강동으로 향했다. 근처 골목에 주차를 하고 용강동에서 제일 오래된 철물점으로 향했다. 다큐멘터리이기 때문에 철물점 주인 분들을 중심으로 촬영하는 것을 콘셉트로 잡았다. 내가 마이크를 설치하며 주인 분들의 긴장을 풀어드릴 겸 간단한 이야기를 나누는데, 그 모습을 본 조엘과 알렉스가 지금 그림이 너무 좋으니 인터뷰 형식으로 내가 진행자가 되어 같이 출연하면 어떻겠냐고 제안했다.

어쩌면 흔한 주제일 수도 있지만, 오래된 골목에 터를 잡고 오랜 기간 장사해온 이들과 함께하는 촬영에서 흥미로운 스토리를 찾아내는 것은 그리 어려운 일이 아니다. 이것저것 안 해본 일 없이 여러 가지 장사를 하다 40년 전 용강동 숨은 골목길에 자리를 잡고 철물점을 운영해온 할머니의 인생 이야기가 특히 그러했다.

우리는 골목 맞은편에 우뚝 솟은 아파트와 흐린 하늘에 가려 보이지는 않지만 용강동이 한강과 얼마나 가까운 동네인지를 할머니에게서 전해 들을 수 있었다. 또한 오래전에는 한강에 위치한 마포나루터가 할머니에게 얼마나 소중하고 의미 있는 곳이었는지도 들을 수 있었다. 마포나루터는 할머니가 어렸을 적에는 친구들과 수다를 떨며 물놀이도 하고 빨래 세탁 장사를 하기도 했으며 물고기를 잡기도 한 추억이 깃든 곳이었다. 그리고 그때는 용강동이라는 명칭이 아니라 말 그대로 '마포'라고 불렀다고 한다.

할머니가 하신 말씀 중 가장 기억에 남는 말이 있다.

"빨래하고 있다 보면 누가 옷 같은 걸 찾아. '나 내일 어디 가는데 윗도리가 필요해' 그러면 '어, 그래, 그럼 가져가서 입고 다시 갖고 와' 그렇게 하고 살았어. 사람 사는 냄새가 나고 인정이 넘치는 그때가 좋았어."

할머니는 너무나 솔직한 이야기들을 나눠주셨다. 용강동의 예전 모습을 있는 그대로 말씀해주시니 그 시절 용강동이 눈으로 그려지는 듯했다. 흡사 헤밍웨이처럼 할머니는 자신만의 스토리를 독자들로 하여금 무한하게 상상하도록 만드는 능력이 넘쳐나는 분이셨다.

두 번째 스토리,
특별할 것 없지만 소중한 마포의 고깃집

두 번째 장소는 '마포갈비'다. 지금은 고깃집마다 환기 시설이 잘되어 있지만 옛날에는 손님이 고기를 먹다 화장실에라도 다녀오면 자기 테이블을 찾기가 힘들 정도로 실내가 연기로 가득 차 있었다고 한다. 하지만 손님들 중 어느 누구도 불평 없이 연기 자욱한 마포의 고깃집 분위기를 즐겼다고 한다.

인터뷰를 하는 와중에 식당 사장님이 고기 손질하는 법을 가르쳐주셨다. 사장님께 이것저것 질문하고 인터뷰할 때는 그렇게 쑥스러워 하시더니, 고기를 자르고 양념을 묻혀

조물조물 무치는 행동에는 자신감이 넘치셨다. 이 식당은 소고기 중에서도 한 가지 부위와 한 가지 메뉴를 주력으로 파는 가게로, 사장님은 이 분야에서만큼은 누구보다 자신 있다고 말씀하셨다.

사장님과 고기 손질하는 장면을 영상의 인트로로 쓰기 위해 나는 부끄러워하는 사장님을 조금이라도 웃게 만들려고 정말 최선을 다했다. 영상에는 나오지 않지만 카메라 뒤에서 사장님을 웃게 하기 위해 이상한 표정과 소리까지 내며 몸을 아끼지 않았는데, 문득 그때가 기억난다.

세 번째 스토리,
고깃집 사장님과 술잔을 기울이며

마지막으로 촬영한 곳 역시 한 가지 메뉴만 파는 한우 소갈비 전문점으로, 이번에는 나이가 지긋하신 여자 사장님과 테이블에 앉아 소갈비를 구워 먹으며 소주를 한잔 마시기로 했다.

사장님과 술잔을 기울이며 식당을 둘러보니 용강동에 이런 정겨운 식당이 있다는 것이 새삼 감사했다. 한우를 키우는 농장부터 양념 하나, 그리고 제공되는 모든 반찬과 채소들까지 모두 다 사장님이 직접 관리하고 키운다는 말이 특히 인상적이었다.

용강동은 오래된 마포의 평범한 동네처럼 보이지만 좀 더 깊숙이 들여다보면 어떤 분야든 정말 열심히 그리고 열정적으로 제대로 하는 동네라는 생각이 든다. 자신의 이익만을 따르지 않고 공동체로 살아가기 위해 주변 이웃과 함께하는 가치관이야말로 용강동의 가장 큰 매력이 아닐까 싶다.

　　반투명한 유리 창문으로 해가 점점 기울기 시작했다. 사장님은 손자뻘 되는 나를 사랑스러운 눈빛으로 바라보며 인터뷰 내내 고기를 정말 맛있게 구워주셨다.

용강동에서 어린 시절을 떠올리다

나는 용강동을 다시 찾을 것이다. 하지만 자주 가고 싶지는 않다. 자주 찾게 되면 처음 느꼈던 그 특별한 의미가 퇴색할 것 같기 때문이다.

　　용강동에서 찍은 이번 영상은 한 동네에서 얼마나 깊이 있고 다양한 사회적 경험을 할 수 있는지를 우리에게 여실히 보여주었다. 용강동뿐만 아니라 서울, 그리고 마포구 안에 있는 많은 동네가 모두 나름의 특별하고 독특한 문화와 역사, 특별함 그리고 정체성을 가지고 있을 것이다.

　　나는 바다에서 5분도 채 걸리지 않는 집에서 태어났고 그곳에서 16년을 살았다. 이사를 간 두 번째 집도 그리 멀지 않은 곳에 바다가 있었다. 그래서인지 어릴 적 용강동 마포 나루터에서 물놀이를 하고 빨래를 했다던 할머니의 말이 나의 어린 시절을 떠올리게 하면서 그날의 소중한 추억이 고스란히 떠올랐다.

지금도 한강에서 그리 멀지 않은 곳에 사는 나는 일주일에 한 번씩은 운동이나 산책을 하러 한강에 가곤 한다. 용강동과는 거리가 꽤 되지만 같은 강이기도 하고 같은 마포라 생각하니 마포에 산다는 것이 참 기쁘다.

마포구에는 연남동, 망원동, 성산동, 상수동 등이 있다. 그리고 용강동이 있다.

반짝거리는 바람,
숲과 나무의 풍요,
전라도 고창

2018년 11월

한국에서 교환학생을 마치고 영국으로 돌아와서 한국 유학 생들에게 영어 과외를 잠깐 한 적이 있었다. 학생들 중 몇몇 은 평생을 영국에서 살아온 나도 가보지 못한 영국 구석구 석을 여행하고 많은 것들을 경험했다. 학생들이 여행한 이야 기를 할 때마다 내가 흥미로운 표정을 짓자 오히려 학생들 이 더 놀라워했다. "선생님은 영국 사람인데 어떻게 안 가봤 을 수가 있죠?"라는 학생들의 말에 나는 그것이 놀랄 일은 아 니라고 생각했다. 한국 사람이라고 해서 한국의 모든 지역을 여행할 수 없듯이, 나 또한 영국 사람이라고 해서 영국의 모든 지역을 다 가보기는 어렵다.

나는 태어나서 대학에 들어가기 전까지 쭉 웨일스의 바다 근처 도시에서 살았기 때문에 세계적으로도 유명하고 로맨틱한 영화 장면에 자주 나오는 브라이튼 해변에도 대학에 들어가서야 처음 가보았다. 영국에 여행 오는 사람이라면 꼭 빼놓지 않고 찾는 코츠월드 역시 나는 가보지 못했다. 나는 영국에서 살 때도 국내든 해외든 여행할 기회가 생기면 영국이 아닌 한국으로 여행을 갔고, 그 덕분에 웬만한 한국 사람들보다 더 많은 지역을 여행했다.

내 아내는 한국인이지만 나는 아내보다 훨씬 다양한 한국의 도시들을 여행하고 탐험했다. 내가 지금까지 〈단앤조엘〉과 〈영국남자〉 유튜브 촬영으로 다녀온 한국 여행지로는 안동, 대구, 부산, 수원, 인천, 이천, 강화도, 제주도, 대전, 보령 등이 있고, 나 개인적으로도 경주, 광주, 강원도 등을 여행했다. 2017년 가을 한국에 온 이래로 거의 한 달에 한 번꼴로 국내 여행을 한 셈이다.

제대로 경험해보는 첫 전라도 여행

내가 지금까지 가본 지역 중에는 유독 경상도가 많다. 아내 고향이 경상도라 더 자주 가게 되는 게 사실이다. 반면 충청

도나 전라도 지역은 많이 여행해보지 못했다. 그러다 2017년 4월 〈영국남자〉 채널을 위한 '먹방 투어' 촬영 중 전라북도 전주와 전라남도 목포에 갔는데, 아쉽게도 촬영 스케줄이 많아서 그곳 문화와 분위기를 충분히 느끼지는 못했다. 그래서 전라도나 충청도 하면 왠지 논과 드넓은 초원에서 뛰노는 소가 생각나며 시골 느낌이 가장 먼저 떠오르다 보니 조금은 덜 편리할 것 같다는 생각이 무의식적으로 들었다.

그러다가 2018년 가을, 전북 고창에서 〈단앤조엘〉 촬영을 하게 되었다. 그 당시에 아이도 태어나고 여러 가지 일이 많아 먼 거리를 가기 힘들었던 내게 고창이라는 낯선 곳에서 '고창 문화재 야행(夜行)'을 촬영하게 되어 큰 기대와 설렘을 품고 고창으로 향했다.

문화재청과 함께하는 이번 콘텐츠는 한국에 사는 외국인 친구들과 함께 여행하고 한국의 전통 문화를 체험하는 형식으로 기획해보면 좋겠다는 생각이 들었다. 그런 콘셉트로 우리 채널의 스타일과 방향에서 새로운 다이내믹을 찾는다면 '외국인들이 한국에서 처음으로 체험하는…' 등과 같은 콘텐츠를 보여줄 수 있을 것이다. '고창 야행'이라는 축제는 말 그대로 이틀 동안 밤에만 진행되는 행사인데, 다음 날 촬영 스케줄이 빡빡하게 차 있는 상태여서 첫날에만 야행에 참석하기로 했다.

조엘과 같은 교회에 다니는 '톰'이라는 캐나다인 친구와 함께 금요일 오후 1시쯤 서울에서 출발하기로 했다. 고창에 도착하면 장소를 한번 돌아보고 저녁을 먹고 촬영을 하는 스케줄이었다. 우리가 미리 짜놓은 계획은 고창에서 하룻밤을 묵고 토요일 아침 식사를 마친 후 서울 남쪽 외곽에 위치한 행사장으로 이동하는 것이었지만, 기상예보를 보니 목요일 밤부터 금요일 오전까지 한국 서남쪽부터 심한 태풍이 북상할 것이라는 예보가 있었다. 그때부터 아주 신경이 쓰여 밤새 잠을 설쳤다.

다음 날 아침 기상예보대로 폭우가 쏟아졌지만, 행사가 취소되었다거나 연기되었다는 연락이 따로 없었다. 오늘 촬영을 도와주기로 한 영철 형의 차를 타고 움직이기로 했다. 나와 조엘, 영철 형, 톰 그리고 이번 촬영에는 특별히 조엘의 고향 친구인 제임스도 한국에 여행 온 김에 함께 고창으로 떠나기로 했다.

그런데 출발 직전에 갑자기 담당자에게 전화가 걸려왔다. 태풍과 폭우가 저녁이 되면 더 심해질 거라는 일기예보 때문에 진행하기로 했던 모든 행사와 활동이 연기되었다는 것이다. 하지만 우리와의 촬영은 그대로 진행할 테니 우리가 촬영할 만한 것들을 선택해서 작은 규모의 촬영을 진행하자고 했다. 비바람이 매섭게 불고 폭우로 앞을 보기도 힘들었지만 우리는 장비를 챙겨 서둘러 출발했다.

한참 고속도로를 달리다 보니 담당자에게 다시 연락이 왔다. 다음 날 서울에서 진행하기로 한 행사도 연기되었다는 소식이었다. 밤이 되면서 길이 깜깜해져 앞은 보이지 않았고 날씨는 좋아질 기미가 보이지 않아 아주 천천히 도로를 달렸다. 그리고 10시가 조금 넘어서야 고창에 위치한 행사장에 간신히 도착했다. 날씨 때문인지 하늘에는 별빛 하나 없이 깜깜했다. 행사장은 말만 행사장인 듯 담당자도, 사람도, 텐트도 아무것도 없었다.

고창에 도착했지만 촬영을 어떻게 진행해야 할지 엄두가 나지 않았다. 메인 카메라는 영철 형이 촬영하기로 하고, 나는 피디이자 어시스트 카메라를 맡기로 했다. 솔직히 내가 큰 도움은 안 되겠지만, 한편으로는 관객의 시선으로 다양한 문화적 체험을 할 수 있어 다행이라는 생각이 들었다.

그때 어둠 속에서 행사 담당자가 나타나 우리에게 일정에 대해 안내를 해주었다. 첫 번째 체험은 체험관 안에서 진행되었다. 할머니 열 분이 새하얀 한복을 입고 나란히 둘러

앉아 전통 방식의 빨래를 할 때 사용하는 다듬잇방망이를 두드리며 아주 아름다운 노랫가락을 뿜어냈다. 그다음으로는 차를 타고 굽이진 산길을 올라 성벽 뒤에서 다도 체험을 촬영했다. 사실 지금까지 한국 문화축제와 관련된 촬영을 많이 해왔고, 그때마다 빠지지 않는 것이 바로 다도 체험이었다. 그래서 다도 체험이 조금 식상하게 느껴졌는데, 오늘은 따뜻한 등불 아래 앉아 가야금의 아름다운 선율을 들으며 촬영을 하고 있으니 왠지 특별하게 다가왔다. 세 번째로는 판소리를 구경하기로 했다. 비가 와서 그런지 깊어가는 밤이 더 쌀쌀하게 느껴졌다.

세 번째 촬영이 끝나자 빗줄기가 더욱 거세져서 카메라에 자꾸 물이 들어가는 바람에 오늘 촬영은 이만 접고 숙소에 가서 쉬기로 했다. 행사장 옆 골목에 위치한 한옥에 숙소가 마련되어 있었다. 실내를 잠시 촬영하고 우리는 곧 잠자리에 들 준비를 했다. 천둥번개가 치는 밤, 한지로 된 창문을 등지고 오래된 나무문이 삐걱거리는 한옥 집에서의 하룻밤은 아주 특별했다.

그 먼 거리까지 아주아주 어렵게 간 고창이지만, 갑자기 날씨가 악화되는 바람에 우리가 촬영하는 것 말고는 아무것도 진행되지 않았다. 그래서 주위가 더 깜깜하고 조용했는데 오히려 그 속에서 반짝반짝 빛나는 금빛의 불빛과 비가 똑똑

203

떨어지는 소리가 마치 한 곡의 전통적이고 슬픈 음악 같았다. 그리고 그동안 영화에서만 봤던 전라도의 자연적이고 살짝 거친 산과 숲의 경치를 '고창 야행' 덕에 바로 눈앞에서 볼 수 있다는 것이 무엇보다 좋았다.

낯설음을 넘어
특별한 고요함이 있던 고창

다음 날 아침, 앞마당에 나가보니 밤새 온 비에 야외에 벗어둔 신발이 쫄딱 젖어 홍수가 난 상태였다. 일단 다 같이 차를 타고 조용하고 평화로운 고창의 길을 달리기로 했다. 고창 읍내와 가까운 행사 장소로 이동하기 전에 시골 한식 뷔페에서 점심을 먹기로 했다. 내 인생 처음으로 경험한 한식 뷔페였다. 호기심이 많고 도전하기를 좋아하는 제임스는 접시에 여러 가지 종류의 김치들로 가득 채워 젓가락도 없이 손으로 연신 김치를 집어 먹었다.

저녁까지 고창의 아름다운 강과 자연 그리고 서울에서는 느낄 수 없는 상쾌한 공기를 마음껏 느꼈다. 이윽고 비가 그치자마자 마지막 촬영을 시작했다. 촬영은 새벽 1시가 다 되어 끝이 났고, 우리는 바로 서울로 돌아갈 채비를 했다.

촬영에 장거리 운전까지 하느라 영철 형은 무척 피곤해

보였다. 휴게소에 잠시 들러 뜨끈한 육개장을 한 그릇 든든하게 먹고 잠시 휴식 시간을 가졌다. 힘들지만 특별했던 고창 여행의 마지막이 육개장이라니, 정말 잊지 못할 경험이다.

어제는 내 마음에 딱 와닿는 자연의 분위기를 느꼈다면, 오늘 저녁은 영광스러울 정도로 아름다운 고창의 또 다른 분위기를 느낄 수 있었다. 몸은 피곤했지만 마음은 편안했다. 비록 궂은 날씨와 태풍이라는 제약이 있었지만 다행히 사전에 계획하고 연출했던 것을 모두 촬영했고, 그 과정을 통해 우리도 조금은 성장하지 않았나 싶다.

앞으로 살면서 고창이라는 곳에 갈 기회가 또 있을지 모르겠다. 다섯 명의 친구들과 함께 좁은 차에 끼어 가면서 쉴 새 없이 떠들던 그 시간, 시끄럽지만 고요했던 한옥에서의 첫 경험. 고창은 내게 처음이라는 낯설음을 넘어 좀 더 특별한 고요함이 가득한 곳으로 기억될 것 같다.

한국에서

Here
I am

우리는 왜
사람들의 스토리를
소중하게 생각할까?

조엘과의 인터뷰

나와 조엘은 〈영국남자〉라는 유튜버를 통해 남다른 케미를
자랑하며 사람들에게 많은 사랑을 받았다. 나는 아주 많은
양의 음식을 잘 먹는 먹방 고수로, 조엘은 매운 것을 잘 먹고
높은 톤의 웃음소리가 유쾌한 사람으로 인기를 얻었다. 그리
고 조엘의 개인 유튜브 채널에 내가 몇 번 출연하기도 하면
서 나와 조엘은 우리만의 케미와 우정 그리고 한국에 살며
우리의 한국 생활을 보여주고 싶다는 마음에 우리만의 유튜
브를 시작하기로 했다.

처음에는 콘셉트를 딱히 정해놓지 않고 재미있는 분위

기의 짧은 분량의 영상을 만들어 예능처럼 재미있는 요소들만 살리는 데 집중했다. 그러다 보니 다른 유튜브 채널과 크게 다르지 않은 느낌이었다.

그러다 우연히 광장시장 편에서 술 한잔하며 이야기를 나누게 된 아저씨, 김치찌개 요리 편에서 내가 만든 김치찌개를 맛보시겠다고 기다려준 할머니와의 촬영을 계기로 소통 중심의 우리만의 채널 색깔이 조금씩 나오기 시작했다.

곧이어 울산에서 장인어른과 촬영할 때 처음으로 시리즈 형식의 영상을 네 편 만들었는데, 영상미와 촬영 스타일이 절반 정도는 다큐의 모습을 갖추게 되었다. 이후 음식과 커피를 앞에 두고 진지하게 이야기를 나누는 '디너 이야기'와 '커피 이야기' 시리즈는 자연스레 다큐의 포맷을 띠기 시작했다. 우리 유튜브에 '자신만의 소중한 스토리'라는 개념이 자연스럽게 녹아들었다.

올해 초부터는 유튜버나 방송인 말고 자기 삶을 묵묵히 살아가는 사람들이나 자기만의 아주 특별한 이야기를 갖고 계신 어르신들과 콘텐츠에 좀 더 집중하기로 했고, 이는 개인적으로도 내 마음을 온전히 채워준 콘텐츠가 되었다. 우리가 만난 대부분의 사람들은 한국 사람들이 생각하기에 외국인으로서 만나는 것 자체도 어렵지만 결코 함께 식사할 수 없을 것 같은 그런 이들이었다. 이런 주제의 콘텐츠는 우리 채널의 대략적인 방향이 되어주었다.

우리가 유튜브를 시작하기 전에 〈영국남자〉의 올리가 해준 조언이 있다. 아주 명확하고 구체적인 한 문장으로 자신의 채널을 남들에게 설명할 수 있어야 사람들이 구독 버튼을 누르고, 새로운 구독자가 시청하고 싶을 정도로 자신의 색깔이 분명한 채널이 될 수 있다는 것이다. 그래서 우리 채널에 대한 한 문장을 곰곰이 생각해봤는데, '한국말만 잘하는 것이 아닌 외국인들과 지친 삶을 사는 사람이 함께 갖는 따뜻한 한 끼' 정도가 아닐까 싶다.

조엘과의 인터뷰를 통해 이 주제에 대해 좀 더 깊은 이야기를 해볼까 한다.

1_____ 우리는 왜 이렇게 사람들의 스토리에 집중하는 것일까?

조엘이 이런 말을 했다.

"나는 사람이라는 존재에 관심이 많다. 항상 그랬다. 사람들이 하루하루 존재하는 방식과 그들 사이에 있는 조그마한 차이점들을 살펴보는 것이 흥미로울 뿐만 아니라 내가 나 자신을 더 잘 이해할 수 있게 해준다. 이 사람들은 누굴까?

우리는 누굴까? 나는 누굴까?"

사실 나라면 다르게 설명했겠지만 이 말의 뜻을 충분히 이해할 수는 있다. 나는 대체로 어떤 것을 좋아하면 왜 좋아하는지 그 이유에 대해 굳이 깊이 생각하지 않는 편이다. 그 대신 사람마다 소설책, 영화, 드라마 등 다양한 미디어를 즐겨 보는 이유는 인간 자체가 스토리텔링이 되는 이야기를 좋아하기 때문이라고 생각한다.

인간이 한 사회 안에서 자신의 정체성이 자신도 모르게 정해진다고 해도 자신만의 소중한 스토리는 그 사회에 속한 다수와는 아무런 상관이 없을 수도 있다. 인간이란 다른 사람이 자란 환경이나 경험해온 삶이 나와 다를수록 더 흥미롭고 새롭게 받아들여지기 마련이기 때문이다.

어떤 사람이 자신의 인생 스토리를 들려주는데 그 이야기가 정말 그 사람만의 에피소드나 스토리라면 듣는 사람은 상상의 나래를 펼치며 그 이야기에 몰입하게 된다. 나에게는 이런 과정이 소설책을 읽는 것과 크게 다르지 않다. 조엘이 사람이라는 존재에 관심이 있는 것처럼 나에게도 누군가의 인생 이야기를 듣는다는 것은 인간의 상상력을 활발하게 작동시키는 소설책을 읽는 것만큼이나 의미 있는 활동이다.

2＿＿＿＿＿ 왜 꼭 한국에서만 유튜브 활동을 해야 할까? 그 질문 자체가 맞는 걸까?

조엘은 또 이런 말을 했다.

"이렇게 존재하는 누군가를 관찰해 영상으로 담는 과정을 무조건 한국에서만 해야 되는 것은 아니다. 그러나 나는 여러 가지 이유로 지금 한국에 와 있고, 한국에서 내가 만난 사람들은 나로 하여금 한국만의 특별함과 고유함에 대해 더 탐험하고 싶게 만든다."

나도 그렇게 생각한다. 한국이든 영국이든 나라를 떠나서 나는 아내 현지와 아들 아누만 내 옆에 있다면 어느 나라에서 살든 행복하게 살 자신이 있다.

내가 한국에서 살기로 한 이유는 케이팝을 엄청 좋아한다거나, 한국에서 꼭 한번 살아보고 싶었던 게 아니다. 오히려 나에게는 한국보다 이탈리아에 대한 로망이 깊다. 이탈리아에 갈 때마다 그곳의 모든 것이 내 마음을 사로잡고 아주 사소한 것 하나하나가 나에게는 너무나 사랑스럽고 로맨틱해서 심장이 터질 것 같은 기분이 들었다.

하지만 한국은 나에게 그런 나라는 아니다. 그렇지만 나는 한국에서 살고 있고 삶은 현실이기에 가족을 생각하며 이곳에서 열심히 살아가고 있다.

무엇보다 아내와 아들 그리고 사랑하는 친구들이 있어서 나는 한국에서 사는 게 너무나 행복하다. 그리고 한국 문화를 어느 정도 잘 이해하고 있고, 불편하지 않을 정도로 언어를 구사하고 있다는 것에 대해서도 감사한 마음을 갖고 있다. 무엇보다 유튜브 콘텐츠를 만드는 사람으로서 아직 한국에서 만들어보고 싶은 콘텐츠가 너무 많아 굳이 외국에 갈 필요를 느끼지 못한다.

3_____ 그래서 우리는 어떤 콘텐츠를 만들 것인가?

나의 부모님은 지난해 겨울 웨일스의 수도인 카디프를 떠나 잉글랜드에 있는 엑서터로 이사 가기 전까지 '라미'라는 시리아 난민과 거의 3년을 같이 살았다. 부모님에게 영향을 받은 것인지 나 역시 몇 년 전 한국에서 우연히 만난 두 명의 시리아 형제에게 자꾸 마음이 쓰이면서, 언젠가 이들과 영상을 찍을 수 있으면 좋겠다는 생각을 했다. 꼭 특별하지 않아도 그냥 그들의 스토리를 들으면서 마주 보고 커피 한잔 마시는 영상이라도 꼭 함께 찍어보고 싶다.

또한 연세가 지긋한 할머니 할아버지들을 보면 따뜻한 식사를 한 끼 대접하고 싶다. 그들의 이야기를 듣는 것만으

〈단앤조엘〉에서 영상 촬영 및 인터뷰어를 맡고 있는 조엘 형.

로도 너무나 소중하고 의미 있는 스토리가 되지 않을까 생각한다.

개인적으로 죽기 전에 꼭 만들고 싶은 콘텐츠가 있다. 어머니와 함께 한 끼의 식사를 하며 인터뷰를 하는 것이다. 올해는 직접 만나기가 어려워 영상 통화로만 얼굴을 봐야 했다.

마지막으로 내가 런던에서 북한 학생들에게 영어를 가르친 경험이 있다 보니 북한에 대해 관심이 많은데, 기회가 되면 한국에서 북한 음식을 파는 식당에서 콘텐츠를 찍어보고 싶다. 하지만 조엘은 아직 별로 관심이 없는 것 같아 당분간은 불가능해 보인다.

Essay 2

사회불안장애를 안고
유튜버로

알렉스와의 인터뷰

나는 앞으로 나아가기 위해서는 가끔 뒤를 돌아보는 것이 굉장히 중요하다고 생각한다. 내가 앞으로 하고 싶은 것들은 내가 지금까지 해온 것들과 연결되어 있고, 내가 겪은 모든 일들은 현재의 나에게 많은 영향을 끼쳤다. 그렇기에 앞으로 내가 경험하고 탐험할 것들이 아무리 많다고 해도 지금껏 내가 느끼고 배운 것들에 대해 감사할 줄 알고 충분히 생각할 수 있어야 앞으로 나아갈 수 있다고 생각한다.

한국에 오기 전에도 그렇고 한국에 와서도 그렇고 어쩌면 내가 한 일들 가운데 나 스스로 혼자 해낸 것은 하나도 없을지도 모른다. 샘 해밍턴과의 촬영에서 샘은 아이를 키우면서 자기 자신의 자존심쯤은 포기할 줄 알아야 한다는 말을 했다. 나 역시 지금 하고 있는 일을 언젠가는 그만둬야 할 때가 오거나 못하게 되는 날이 올지 모른다. 그때 내가 원하지 않는 일을 하는 상황이 오더라도 내가 지키고 싶은 것들을 지키기 위해서는 망설임 없이 그 일을 선택할 수 있어야 한다.

일례로, 나의 고향 친구들 중 몇몇은 2020년 시작된 코로나19의 영향으로 하던 일을 그만두고 아무런 벌이 없이 런던의 살인적인 물가를 힘들게 버티며 살다가, 최근 코로나 환자들을 격리하는 병원에서 청소부로 일을 시작했다. 그걸 지켜보면서 친구로서 그리고 가정을 꾸려가야 하는 사람으로서 큰 감동을 받았다.

이번에는 내가 유튜브를 시작하면서부터 인연을 맺고 함께해온 알렉스에 대해 이야기해보고 싶다. 영상을 만드는 일뿐만 아니라 한국에서 나보다 오래 살아온 선배로서 나는 평소에도 알렉스가 삶을 받아들이는 방식에 대해 아주 멋있고 배울 점이 많다고 생각해왔다.

1_____ 한국에서 유튜브를 하며 느낀 것들

긴장(Anxiety)

우선 내가 한국에서 유튜브 채널을 운영하며 느낀 것부터 이야기해보고 싶다. 그동안 유튜브 영상에서 한 번도 얘기하지 않았고, 또 병원에서 공식적으로 진단받은 것은 아니지만 나에게는 약간의 문제가 있다.

내가 출연한 〈영국남자〉 채널의 영상들을 보면 절반 이상의 영상들에서 내 얼굴이 아주 빨갛게 수줍은 초등학생처럼 보이는 걸 확인할 수 있다. 나는 한두 명의 친구들과 밥을 먹거나 이야기를 하는 것에는 불편함을 느끼지 않지만, 여러 사람들과 이야기를 하거나 만나는 일은 두려워하는 경향이 있다. 한국에서 이 심리적 문제를 뭐라고 부르는지는 모르겠지만, 영어로는 '사회불안장애(Social Anxiety Disorder)'라고 부른다.

유튜브를 하면서 공중파 및 예능 프로그램 방송 출연, 공기업에서 운영하는 행사 발표, 교육부 차관님과의 온라인 강의 진행 그리고 일주일에 적어도 한 편의 영상 촬영을 진행해왔는데, 이런 문제를 안고 그 모든 일을 다 해냈다는 것이 지금도 믿기지 않는다. 그나마 내 마음을 있는 그대로 솔직하고 진솔하게 표현하거나 나눌 수 있는 사람을 만나면 그런 불안이 좀 잦아든다. 특히 내가 어떤 행동을 하든 배려해주고 이해해주는 알렉스와 조엘이 옆에 있다는 것이 무엇보다 큰 힘이 된다.

환영(Welcome)

모래내시장, 부산 해운대 양념 곰장어 가게 주인아줌마, 장인어른 그리고 내가 주방에 들어가서 직접 요리할 수 있도록 허락해준 식당의 모든 주인 분들, 그리고 나와 조엘이 콘텐츠를 만들 수 있도록 창의적 자유를 제공해준 여러 대행사와 기업의 담당자들에게 말로 다 표현할 수 없을 만큼 큰 환영을 받았다.

어디를 가든 사람들은 우리가 어떤 마음으로 유튜브 활동을 하고 있는지 이해해주고 도와주었다. 심지어 방송국에서도 섭외가 불가능한 장소를 유튜브 채널이라고 사정을 말씀드리자 오히려 단번에 승낙해주시고, 나아가 아주 정겨운, 깊은 감동이 있는 촬영의 기회를 누린 적도 많다.

마지막으로 가장 중요한 사람들, 늘 우리와 함께 일하는 알렉스, 파블로, 덕희, 그리고 〈단앤조엘〉 채널에 흔쾌히 출연해준 샘 해밍턴, 세드릭은 나보다 일찍 한국에 온 외국인으로서 그들의 크고 따뜻한 환영이야말로 나에겐 가장 큰 힘이 된다.

한국에 오기 전까지 평생 하게 될 거라 전혀 생각지 못한 유튜버라는 일을 본업으로 선택하면서 많은 것을 얻은 게 사실이다. 이전에는 전혀 몰랐던 분야의 지식과 경험, 기술을 배웠는데, 그중에 가장 크게 얻은 것은 무언가를 향한 열정이다.

한 편의 유튜브 영상을 제작하는 데 있어 콘텐츠마다 콘셉트 협의, 기획, 섭외, 촬영, 출연, 후반 작업, 편집, 자막, SNS 관리와 팬들과의 소통 그리고 업로드까지 이 모든 과정들이 한 편의 영상에 담겨 있다. 이 필수적인 과정들을 빠뜨리지 않고 잘 완수해야 하는 것도 중요하지만, 우리만의 스토리로 특별하지 않은 주제를 특별하게 만들 수 있는 형식의 다큐멘터리를 만듦으로써 내 안의 열정을 다시 찾게 되었다.

2＿＿＿ 배운 것들

Making content is unique and deeply personal

콘텐츠를 만드는 것은 독특하고 매우 개인적인 것이다

알렉스는 "영상 콘텐츠란 내가 보고 느낀 것들을 표현

하는 것"이라고 말했다. 마찬가지로 나와 조엘이 만드는 영상은 우리의 시선과 시각을 녹여낸 것인 만큼 나는 우리가 만든 영상이 계획대로 만들어졌을 때 그 어느 때보다 큰 만족감을 느낀다.

조엘과 나의 역할은 조금 다른데, 내가 영상기획과 출연 그리고 1차 편집을 하다 보니 알렉스가 말한 것처럼 내가 보고 느낀 것들을 표현하는 방법으로써 영상을 만든다는 것에 대한 책임감과 축복 그리고 특권을 깨닫게 되고 또 배우게 되는 것 같다.

나는 대학원 과정에서 포토저널리즘을 전공했다. 지금은 본업으로 영상 제작을 하다 보니 나도 모르게 사진과 영상 제작 작업을 자꾸 비교하게 된다. 말로 설명하기는 힘들지만 이 두 가지는 어떤 면에서는 아주 비슷하기도 하고, 어떤 면에서는 전혀 다르기도 하다. 하지만 사진과 글을 쓰는 작업은 조금 다르다고 할 수 있다.

Telling people's stories is most important
가장 중요한 것은 사람들의 이야기

언젠가 알렉스에게 〈단앤조엘〉 콘텐츠에 대한 아이디어를 구하자 알렉스가 이런 말을 했다.

"어르신과 아주 현대적인 카페나 외국 식당에서 한 끼 먹으면서 인터뷰 형식의 다큐멘터리를 촬영하는 것도 좋을 것 같아."

너무나 좋은 아이디어였다. 하지만 내가 주제적 측면에서 정말 괜찮다고 생각한 것은 아름답고 예쁜 것보다 독특하고 특별한 곳에서 촬영하는 것이다.

그 밖에도 알렉스는 우리에게 몇 가지 제안을 했는데 모두 너무 좋은 아이디어들이었다. 예를 들어, 문래동에 위치한 산업 공장들을 살펴보고 70년대와 80년대 한국의 산업 혁명이자 경제발전을 함께 도모한 노동자 어르신들과 인터뷰를 하는 것 등이 그것이다.

어느 나라나 세대 차이는 있겠지만 그중에서도 한국은 그 차이가 좀 큰 편인 것 같다. 비록 현재 어르신들이 이렇다 할 자기 일을 하고 있지 않더라도 이미 과거에 엄청난 사회적 변화를 겪으며 살아온 사실 자체만으로도 충분히 의미 있는 스토리가 된다. 그리고 그 스토리에 맞는 특별한 촬영 장소를 발견하는 것이 중요하다. 여러 가지 스토리가 모여 영상미와 인간미가 하나로 어우러지는 영상이야말로 진한 감동을 줄 수 있다고 생각한다.

〈단앤조엘〉에서 카메라맨을 맡고 있는 알렉스.

몇 년 전 런던에서 나에게 영어 과외를 받던 나의 한국 친구이자 학생인 수진이 이런 말을 했다. "단은 점점 한국 사람이 되어가고 있지만 굳이 그렇게 한국 문화를 열심히 이해하려고 애쓰지 않아도 돼." 그러면서 "단이 외국인이라 한국 문화를 전부 다 이해하지 못하는 것이 아니라, 나도 한국 사람이지만 한국 문화를 전부 다 이해하지는 못해"라고 했다.

한국은 다문화주의보다는 단일민족에 좀 더 가깝지만 한국 국민 사이에도 고향, 지역, 삶의 경험과 타고난 성격 자체가 차이를 만들어내는 것도 부정할 수 없는 사실이다. 한국에서는 어느 장소를 가든, 어떤 음식을 먹든, 어떤 사람을 만나든 대부분이 비교할 수 없을 만큼 특색이 강하고 저마다 다 다르다.

나는 한국을 사랑하고, 지금도 한국에 살면서 다양한 문화를 접하고 있다. 솔직히 영국과 한국 그 어딘가에서 길을 잃고 방황하고 있긴 하지만, 결코 내가 한국 사람이 되어간다고는 생각하지 않는다. 그리고 많은 사람들이 고맙게도 나의 한국어가 완벽하다고 말하지만 아직 그 수준에 도달하지 못했다는 걸 잘 알고 있다. 그럼에도 내가 한국 문화를 배

225

우고 사람들과 가까이서 소통할 수 있었던 이유는 모두 나의 한국어 실력 덕분이기에 감사한 마음뿐이다.

하지만 우리의 영상이 좀 더 특별한 것은 내가 한국말을 잘해서가 아니라 우리가 만나는 사람들의 이야기 때문이다. 그리고 그 이야기를 귀 기울여 들어주는 시청자들이 있기에 가능했다. 내가 한국 사람이 되어가는지 안 되는지는 중요하지 않다. 그보다는 앞으로도 쭉 사람들의 이야기에 귀 기울이고 싶다.

3_____ 감사한 것들

Opportunities to travel
여행이 주는 다양한 기회들

나는 많은 것에 감사하다. 알렉스가 말하기를 내가 감사해야 하는 것들은 내가 영상을 만드는 사람이기에 할 수 있었던 많은 여행들, 새로운 사람과의 만남 그리고 엄청나게 다양한 음식을 접해볼 수 있었던 기회들이라고 했다. 다도해, 목포, 안동, 전주, 강화도, 가정마을, 이천, 남양주, 고창 등 실제로 촬영이 아니었다면 언제 가볼 기회가 있을까 싶은 곳에 가보기도 하고, 심지어 협찬 영상을 찍으러 간 수많은 지역들은 대부분 우리가 생전 이름도 들어보지 못한 생소한 곳들이었다.

반대로 나에게 익숙한 곳이지만 촬영이 아니면 굳이 안 갔을 법한 지역도 있다. 나의 처갓집인 울산의 언양 불고기 마을, 막걸리 주막 그리고 다방 등이다. 익숙하지만 낯선 설렘과 불편함이 싫지 않은 경험이었다.

가장 좋았던 것은 많은 구독자 분들이 직접 가보지 못한 대한민국 구석구석을 우리를 통해 간접 경험할 수 있도록 기회를 제공했다는 사실 그 자체에 있다.

An audience that gets alongside

우리와 함께하는 이들

올해 우리가 처음으로 시도한 유튜브 멤버십 제도에 가입해준 많은 팬들에게 감사 인사를 전하고 싶다. 멤버십이라는 제도를 잘 알지 못했던 팬들도 우리가 하는 일에 무한한 관심과 사랑을 보내주었고 그 덕분에 큰 힘을 얻었다. 우리가 보답할 수 있는 방법은 더욱더 진정성이 있는 콘텐츠를 만드는 것이라는 사실을 잘 알고 있다.

시작한 지는 좀 됐지만 조금은 힘겨운 삶을 살고 있는

사람들과의 한 끼 영상 콘텐츠를 보고 많은 분들이 공감과 응원을 해주셨다. 우리의 영상을 시청하는 대부분은 한국 사람들로, 한국의 문화를 외국인의 시각에서 담고 표현하는 방식을 새롭다고 이해해주시는 것 같다. 때로는 작은 응원이 큰 힘이 되기도 하는데, 지금이 그때가 아닐까 싶다.

특히 알렉스와 영철 형은 일주일에 한 번씩 SNS에 우리가 올린 새로운 영상을 공유해준다. 그걸 보면서 바쁜 일상 중에도 우리 영상을 챙겨 봐주는구나 하는 생각에 마음이 따뜻해진다. 짧지만 긍정적인 인사와 댓글을 달아주고 실시간 채팅도 잊지 않고 참석해주는 많은 시청자들에게도 한 분 한 분 진심으로 감사의 인사를 전하고 싶다.

Life is a privilege, and I am so blessed
축복받은 나의 삶

재능과 실력이 뛰어나고 경험이 풍부함에도 불구하고 아직 기회가 오지 않아 자신의 꿈을 펼치지 못하는 젊은이들이 생각보다 많다. 나는 내 나라가 아닌 타국에서 살면서 결혼을 했고 아이를 낳았고 남편이자 아빠가 되었다.

어디 그뿐인가? 조엘이라는 친구를 둔 덕분에 3년이라는 시간 동안 기쁘게 일을 하고 있고, 그 밖에도 알렉스, 아담, 영철 형, 연심, 은우, 상희와 같은 좋은 친구들에게 많은 영감을 받으며 하루하루를 살아가고 있다. 이들에게만큼은 절대로 고마움을 당연하게 여겨선 안 될 것 같다. 앞으로 상황이 어떻게 바뀌더라도 나는 이들에게 매사 감사하며 살아갈 것이다.

더 해보고 싶은 것들

나에게 묻다

누가 나에게 인생의 큰 뜻이나 목적 그리고 목표가 무엇이냐고 묻는다면, 솔직히 잘 모르겠다. 하지만 나는 하고 싶은 것이 정말 많은 사람이다. 그런데 신기하게도 현재 내가 하고 있는 유튜브 영상 제작, 사진 찍기와 같은 일들은 새로 시작한 일인데도 불구하고 이전에 내가 하던 것과 크게 다르지 않다.

나는 음악과 책을 좋아하고 영화를 좋아하는데 이전의 나도 항상 음악과 책과 영화를 좋아했다.

사진 전시

Photo Exhibition (The Uncle Guards)

나에게 영감을 준 사람들 중에는 '샛 베인스(Sat Bains)'라는 영국 요리사가 있다. 실제로 만난 적은 없지만 항상 유튜브로 그의 영상을 찾아보곤 한다.

그는 아주 터프하며 어찌 보면 좀 강하다. 하지만 성격과 말하는 방식 그리고 행동까지 아주 창의적이고 인정이 많으며 항상 남을 생각한다. 그는 직접 요리하거나 식당을 운영하는 데 있어 작은 것도 놓치지 않기 위해 항상 들고 다니는 노트가 있는데, 거기에는 새로운 메뉴에 대한 아이디어들을 메모해놓고 잊지 않으려고 애쓴다.

어린 시절의 나는 스포츠와 예술을 아예 다른 것으로 분리해서 생각했다. 미술 수업 시간에 그림을 잘 그리지 못했던 터라 나는 항상 스포츠 쪽으로 나아갈 거라 생각하고 창의성과는 거리가 멀다고 단정지었다. 하지만 사진을 찍기 시작하면서 특별한 것은 아닐지라도 내 속의 창의성이 깨어나 어떤 순간이나 상황을 포착하는 순간들이 종종 있었다.

나는 작년(2019년) 폐휴지를 나르시는 할머니 할아버지들을 주제로 한 흑백 인물 사진 전시를 열었고 앞으로 가능하다면 일 년에 한 번씩 전시를 열 수 있었으면 한다. 내가 지금 생각하고 있는 프로젝트는 아파트 경비 아저씨들의 일상

그동안 한국에서 찍은 인물 사진.
앞으로도 내가 만난 사람들의 사진을
많이 찍고 싶다.

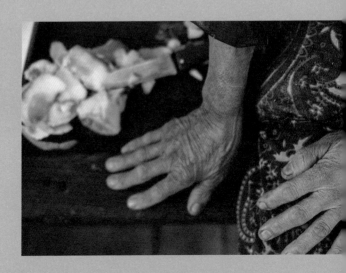

생활을 보여주는 작품이다.

요리책 쓰기

Writing another book(Food)

'존 르 카레(John le Carre)'는 나를 포함해 수많은 사람들에게 영감을 준 소설가다. 나는 20권도 넘는 그의 책들을 적어도 다섯 번씩 읽었고, 그 덕분에 책을 읽는 것보다 쓰는 것에 푹 빠지게 되었다.

이제는 책의 내용보다 원고를 쓰는 과정과 나의 기분이 더 소중하다는 생각을 한다. 과거 아스널 축구팀의 감독이었던 아르센 벵거(Arsene Wenger)가 "축구장을 찾은 사람들의 영혼에 남을 수 있는 축구 경기야말로 가장 값진 경기"라는 말을 했는데, 나는 책을 쓰는 것도 똑같다고 생각한다.

세상에는 실존하는 자연과 사람 등 너무나 많은 것들이 있고 마음에 남을 만큼 감동적인 것들이 많지만 나의 상상력을 발휘해 쓴 허구의 글 한 줄이 더 큰 감동으로 다가오는 날도 있다. 이번 책을 마무리하면 다시 한국어로 된 책을 써보고 싶다. 이번 책은 내가 지금까지 살아온 나의 발자취를 현실에 기초해 썼다면 다음 책은 소설을 써보고 싶다. 그리고 또 기회가 된다면 서울을 떠나 한국 시골 구석구석을 찾아다니며 어르신들의 이야기를 듣고 나누고 그분들만의 귀한 한식 레시피를 소개하는 책을 써보고 싶다.

내가 가장 소중하게 생각하는 것

Being part of a real church

마지막으로 내가 가장 소중하게 생각하는 교회에 대해 말하고 싶다. 종교 이야기를 하는 게 조심스럽지만, 나는 오랫동안 믿음을 가지고 살아왔기에 교회는 내 삶의 소중한 한 부분이다. 나와 조엘, 알렉스 그리고 여러 사람들은 각자 다양한 성격, 캐릭터, 취미, 재능, 능력, 자란 환경 그리고 세상을 보는 시각까지 저마다 천차만별이지만 진정한 교회(믿음)는 신과 함께하는 사람들 그 자체다. 그래서 나와 친구들은 거의 매일 아침마다 만나 커피를 마시며 기도하는 시간을 갖는다.

어쩌면 내가 하는 일들도 내가 믿는 신의 뜻이라는 생각이 든다. 그러므로 나의 이기적인 마음을 버리고 어려운 사람을 돕고 싶다. 내가 만나는 모든 사람들이 우리의 유튜브로 그리고 우리의 콘텐츠로 조금이라도 희망 가득한 축복을 누릴 수 있었으면 하는 바람이다.

감사의 말

먼저 한겨레출판에서 연락을 준 김단희 대리님께 다시 한 번 감사의 말을 전하고 싶습니다. 내가 책을 쓰는 동안 옆에서 응원해주고 글을 여러 차례 봐주었습니다. 그리고 내 동업자이자 친한 형인 조엘에게도 큰 감사를 표현하고 싶습니다. 항상 사랑을 잘 표현하고 누구보다 격려를 아끼지 않았습니다.

어머니, 아버지, 알렉스, 영철 형, 아담 형 등 많은 분들이 나의 감사한 마음을 잘 알아주었으면 합니다. 많은 이들에게 영감을 주고 또 나에게는 좋은 형제가 되어준 〈영국남자〉 조쉬와 올리에게도 고마움을 전합니다. 그리고 이 책에 언급된 모든 분들께, 골목 밥집에서 요리하는 분들과 동네 시장에서 장사하는 분들, 평범하지만 저마다 아주 귀한 스토리를 가지고 있고 그 스토리를 공유해준 분들 덕분에 이 책을 쓸 수 있었습니다. 고맙습니다.

내 아내 현지에게도 사랑을 전합니다. 표현을 잘하지도 못하고 가끔은 보여주지도 못하지만 사랑해요. 나에게 능력을 주는 당신 덕분에 나는 모든 것을 할 수 있습니다.

마지막으로 이 책을 아누 조슈아에게 바칩니다. '하나님의 자비, 하나님이 우리를 구원하신다'를 뜻하는 아누 조슈아. 내 아들아, 아빠가 사랑한다.

◆

I would like to thank Dani Kim, my editor, for her support and guidance, and for reaching out on behalf of the publisher Hanibooks in the first place. I would also like to thank my creative partner on the Dan and Joel YouTube channel, and of course close friend, Joel, for his endless encouragement. To all my friends and family members who have prayed for me, and prayed for guidance, strength, energy, creativity and endurance during this process (my mum and dad, Al, Young, Adam, and many more), please know I am very thankful to you. It is also important for me to thank Josh and Ollie, older brothers and inspirations to all of us seeking to express something of ourselves in the YouTube space. And it would be shortsighted to not thank all the people mentioned in this book, those restaurant cooks, market stall owners, creatives, and normal people with precious stories. To my wife Hyunji, I love and appreciate you, even though I do not always express it in the best way; thank you for loving and supporting me, and for loving our son. Finally, and most importantly, to my Lord and Saviour Jesus, who has given me joy and peace, despite some difficult times. I can do all things through Him who strengthens me.

This book is for Anu Joshua, whose name means God's Mercy, the Lord Saves. I love you my son.

"저 마포구 사람인데요?"

ⓒ 다니엘 브라이트, 2020

초판 1쇄 인쇄 2020년 8월 25일
초판 1쇄 발행 2020년 8월 31일

지은이　　　다니엘 브라이트
펴낸이　　　이상훈
편집인　　　김수영
본부장　　　정진항
편집1팀　　　김단희 김진주
마케팅　　　천용호 조재성 박신영 조은별 노유리
경영지원　　　정혜진 이송이

펴낸곳　　　한겨레출판㈜ www.hanibook.co.kr
등록　　　2006년 1월 4일 제313-2006-00003호
주소　　　서울시 마포구 창전로 70(신수동) 화수목빌딩 5층
전화　　　02-6383-1602~3　팩스 02-6383-1610
대표메일　　　book@hanibook.co.kr

ISBN 979-11-6040-418-0 03800